Copyright © 2016 by Pedro Afonso

Publicado mediante acordo com IN#UENCERS

Este livro é um produto não oficial de Minecraft ® TM & © 2009-2013 Mojang/ Notch

Grafia atualizada segundo o Acordo Ortográfico da Língua Portuguesa de 1990, que entrou em vigor no Brasil em 2009.

CAPA E PROJETO GRÁFICO
Tamires Cordeiro

ILUSTRAÇÃO DE CAPA
Marcus Penna

FOTO DE CAPA
Marlos Bakker

PREPARAÇÃO
Tatiana Contreiras
Pedro Giglio

COPIDESQUE
Gustavo de Azambuja Feix

REVISÃO
Viviane T. Mendes
Marise Leal

Os personagens e as situações desta obra são reais apenas no universo da ficção; não se referem a pessoas e fatos concretos, e não emitem opinião sobre eles.

Dados Internacionais de Catalogação na Publicação (CIP)
(Câmara Brasileira do Livro, SP, Brasil)

RezendeEvil
Jogada final / RezendeEvil. – 1ª ed. – Rio de Janeiro: Suma de Letras, 2016.

ISBN 978-85-5651-023-5

1. Ficção – Literatura infantojuvenil I. Título.

16-06951   CDD-028.5

Índices para catálogo sistemático:
1. Ficção : Literatura infantojuvenil   028.5
2. Ficção : Literatura juvenil   028.5

[2016]
Todos os direitos desta edição reservados à
EDITORA SCHWARCZ S.A.
Praça Floriano, 19 – Sala 3001
20031-050 – Rio de Janeiro – RJ
Telefone: (21) 3993-7510
www.objetiva.com.br

CAPÍTULO 1

Diário do capitão, dia 4. Estamos no meio do oceano mais uma vez e, nossa, não aguento mais ter meus peixes roubados pelas gaivotas. Elas andam impossíveis: parece que toda vez que cantam elas estão dizendo "Meu! Meu!". Parece que eu já vi isso antes em algum lugar, mas posso estar enganado. A vida no mar é...

— Intrigante, Pedro. Acho que "intrigante" cai bem pra terminar essa frase aí — diz uma voz de mulher, por cima do meu ombro. — E quanto a botar ca-pi--tão... Sei não, hein? Aqui a gente divide as tarefas, até porque você ainda precisa comer muito arroz com feijão pra virar um cartógrafo tão bom quanto eu... Acho que seria melhor colocar diário de bordo. Mas é só minha opinião, claro!

No maior susto, fecho o caderno e dou um pulo do banquinho. Não é a primeira vez que a Marina me apronta uma dessas! Antes que eu tenha tempo de responder, uma voz bem familiar responde:

— Intrigante *mesmo* é essa sua capacidade de ficar bisbilhotando o que os outros estão fazendo, Marina — comenta Rezende, com aquela dosezinha de zoeira no tom.

— Alguém tem que botar ordem nessa bagunça, não é mesmo? — responde Marina, se segurando pra não rir. Não parece nada afetada pela alfinetadinha do meu eu virtual. — Admitam, vocês não vivem sem mim!

Rezende dá uma risadinha e volta a descascar batatas pra hora do rango. Pois é, nem parece que até outro dia esses dois ficavam se encarando de um jeito que só faltava sair raio laser dos olhos. Cheios de desconfiança e torta de climão. Mas acho que essa convivência está deixando os dois um pouco mais... de boa, sabe?

Enfim, já estamos há alguns dias explorando o oceano, e ainda não achamos o que viemos procurar. Não dá pra dizer que não aprendi nada: minha sopa de batata com peixe tá cada vez melhor. As primeiras tentativas saíram, ó, supertoscas. Pra vocês terem uma ideia da tragédia: nem o meu fiel escudeiro canino, o Puppy, queria comer.

Quando jogo no computador de casa, criar essas coisas é fácil, né? Escolho os itens, arrasto com o *mouse* no menu e pronto: refeição dos campeões, prontinha para ir pro prato! Só que aqui no mundo virtual o papo é outro... Tive que aprender na marra!

Na real, como eu só tinha parado pra escrever no meu diário enquanto o peixe terminava de assar, foi até bom que a Marina tenha me interrompido. Caso contrário, era capaz de o bicho ficar esturricado.

— Tá na hora de matar a fome! Tá na mesa, pessoal! — grito, tentando imitar um sotaque de cozinheiro francês.

— Boa, rapaz! — diz Rezende. — Eu já estava com o estômago quase colando nas costas. Até a sua comida cai bem numa hora dessas — completa, olhando para a Marina com cara de zoeira.

— Mas é aquele ditado, né? Não há tempero melhor do que a fome — sentencia Marina, se segurando para não rir.

Única resposta possível:

— Vocês são muito zoeiros mesmo...

De repente, entre uma colherada e outra, olho pro horizonte e vejo umas nuvens cinzentas ao longe. Parece que vem um toró daqueles pela frente! Com a boca cheia, aponto para lá e faço aqueles barulhos de quem está tentando falar com meio quilo de farofa no papo.

— *Purussu qvu chuvur!*

— HEIN? — pergunta Rezende. — Não entendi nada!

— No idioma das pessoas sem modos à mesa, acho que é "parece que vai chover" — explica Marina, enquanto eu termino de engolir a sopa. — Olha, melhor a gente agilizar esse almoço, porque vem tempo ruim pela frente mesmo.

— Tem razão! — concorda Rezende. — Deixa que eu fecho as vigias e amarro os barris e os caixotes de suprimentos.

— HAHA, "vigias"! Essa é boa! Por que não chama de "janelas"? A vida no mar está te afetando, marujo — respondo.

— Chega de papo náutico! Ação, rapazes! — interrompe Marina.

Rezende e eu concordamos e corremos para os nossos postos. Enquanto ele vai fechar as janelas (ou eu deveria dizer "vigias"?) e amarrar os caixotes e barris, Marina começa a ajustar a vela, para o caso de uma ventania forte. Ela me fala pra amarrar uma corda em volta do leme e do mastro para evitar que o lance fuja do controle, e eu obedeço sem pensar. Mais do que nunca, essa é a hora da união e do trabalho de equipe.

Porém, à medida que as nuvens se aproximam, vemos que não é chuva que está vindo, e sim uma névoa bem espessa. E só aí a gente nota que tem algo se formando no meio dessa neblina toda...

Parece que é... outro navio.

— Quem será que vem ali? — pergunto, meio preocupado.

— Seja lá o que for, precisamos estar preparados — responde Rezende.

— É isso mesmo. Nunca se sabe o que está escondido na névoa — concorda Marina, pegando sua luneta.

— O que tem lá?

— Hmmm... É mesmo um navio. Tem alguns sujeitos no convés. Dá pra ver, hã, pelo menos uns cinco ou seis. Um deles está segurando um objeto longo... Ah, deve ser uma luneta. É, isso mesmo... ele colocou no rosto. Tô quase dando tchauzinho, porque ele tá olhando pra gente. Ele foi falar com outra pessoa… Hmmmm….

De repente, ela para de descrever o que está rolando e guarda a luneta.

— Vocês querem a notícia boa ou a ruim primeiro? — pergunta em um tom sério.

— A boa — respondo.

— Beleza. A boa é que, depois de tanto tempo navegando, faremos nosso primeiro contato com outras pessoas dentro de alguns minutos — diz Marina.

— E a ruim? — pergunta Rezende.

— Olha, considerando que da última vez que eu olhei os caras estavam levantando espadas e gritando, tenho a *leve* impressão de que estamos prestes a ser atacados. Preparem-se para defender o navio! Piratas à vista!

CAPÍTULO 2

Pausa para um flashback. Não cabe em 140 caracteres, então senta que lá vem história! Foi assim que tudo começou #affrezendecalaabocamano #TLDR #nemlynemlerey #ahmasvailersim

Mal tivemos tempo de nos recuperar do embate contra Olhos Brilhantes e já estamos aqui, no laboratório do Gulov. O Rezende queria procurar uma maneira de me mandar de volta para casa, mas decidi ficar. Meus amigos — e o universo do jogo — precisam de mim... Claro que na hora nem pensei muito na minha família, né? Mas, como Rezende e Gulov já tinham me explicado que o tempo aqui corre diferente na comparação com o do mundo real, é bem capaz de a minha mãe ainda estar falando com o meu pai no telefone, para só depois ir tomar banho para o evento em Recife — sim, *teoricamente* eu estou em Recife, mano! Ninguém no mundo real sabe que estou aqui, de volta ao jogo. E cansadão depois de mais uma luta do Herói Duplo!

Quando tudo isso começou, eu nunca imaginei que uma profecia da qual eu nunca nem tinha ouvido falar me traria até aqui, ao mundo do jogo que eu mais curto. O único problema continua sendo... eu não poder falar disso nem com o João, meu irmão. Porque, se eu falar, aí é que vão me achar maluco mesmo!

Recapitulando: pra começar, um mago muito louco, a cara do Gandalf, apareceu em um evento de games na minha cidade. De repente, entrei no universo do jogo, com mão quadrada, pé quadrado, todo quadrado! Aí descobri que existe uma versão virtual de mim mesmo, e que nós dois fazemos parte de uma profecia que diz que, mesmo sendo diferentes, somos um só: o Herói Duplo!

Enfrentamos um dragão e eu voltei pra casa. Quando tudo estava outra vez parecendo normal, acabei parando aqui de novo — sem o Gulov, nosso mago vovô preferido, para nos ajudar! Conhecemos a Marina, que é meio mandona, mas cheia de atitude (ela é demais, tenho que admitir). E aí descobrimos que um vilão de olhos brilhantes tinha um plano sinistro para sequestrar todas as almas deste mundo. Quase conseguimos derrotá-lo, recuperamos algumas almas, mas ele fugiu e deixou muitas perguntas ainda sem resposta.

Como eu poderia ir embora agora? Seria que nem assistir a uma temporada inteirinha de uma série e dormir no dia do último episódio do ano!

— Mundo virtual chamando Rezende real, mundo virtual chamando Rezende real... — brinca Marina.

É, acho que me distraí um pouco!

— Desculpa, Marina. É que eu tava recapitulando na cabeça tudo que aconteceu aqui. Coisas demais, depressa demais! Às vezes fico até meio bolado.

— Sei como se sente, amigo. É verdade mesmo: até eu, que moro aqui, de vez em quando tenho a impressão de que é muita coisa pra processar! — diz o Rezende virtual, se aproximando. — A profecia do Herói Duplo, o plano do Olhos Brilhantes, o sumiço do Gulov. Precisamos encontrar respostas o quanto antes!

— E é para isso que todos nós estamos aqui no laboratório do Gulov, Rezende. Você, o Pedro e eu, e também a Isabella, a Valentina e a Lara, da A.D.R., a

Aliança Desbravadora Revolucionária. A gente precisa tentar encontrar por aqui alguma pista que nos leve até o Gulov, ou pelo menos que nos lance alguma luz! — completa Marina.

De repente escutamos um latido e um uivo. O cãozinho do Rezende e o lobo da Marina estavam chamando nossa atenção.

— Já sei, Puppy, já entendi. Isangrim, também anotei sua reclamação. Estamos todos aqui: eu, Marina, Pedro, Isabella, Valentina, Lara e vocês. Como essa ingrata esquece o próprio lobo? E Puppy, você é fundamental nas nossas missões, sempre! — responde Rezende aos dois. Se o Puppy soubesse sorrir, teria aberto um sorrisão. Mas ele só latiu mais um pouquinho e fez festinha pra gente!

— Bom, galera, tá tudo muito bom, tá tudo muito bem, mas precisamos seguir em frente. Nós decidimos nos reunir aqui para definir os próximos passos e tentar solucionar alguns dos mistérios pendentes. Pedro, te agradeço de coração por ter ficado... Mas agora é hora de agir, gente. E para isso precisamos de uma boa estratégia. Alguém tem alguma sugestão? — pergunta Marina, decidida.

Qual era mesmo o nome daquele desenho animado antigo que tinha três meninas que pareciam adolescentes normais, mas eram espiãs cheias dos paranauês? Toda vez que eu olho pra Isabella, pra Lara e pra Valentina elas me lembram essas meninas. É como se as três fossem uma só, saca? Uma puxa um quadro-negro, a outra pega um giz e a terceira já está escrevendo uma lista! Na real, se juntar as três em uma só, acho que sai uma Velma do Scooby-Doo.

— Se aproximem do quadro, por favor — pede Isabella.

— Identificamos três objetivos principais — explica Lara. — O primeiro: descobrir onde está o Gulov e resgatá-lo. O segundo: resgatar possíveis almas que ainda estejam com Olhos Brilhantes, e derrotá-lo de vez. O terceiro: descobrir se existe um plano maior por trás dessas ações do Olhos Brilhantes e, se existir, arruinar esse plano.

— Acreditamos que aqui, neste laboratório, podemos encontrar alguma pista. Gulov sempre sabe o que faz, e está sempre à frente do nosso tempo — completa Valentina, e Lara e Isabella concordam.

Tá, já entendi: essas meninas são robôs! Elas são muito perfeitas! Não é possível que sejam seres humanos. Quer dizer, seres humanos virtuais. Quadrados. Ah, você entendeu, né?

— Então, resumindo, nós vamos ter que vasculhar essa bagunça do Gulov, é isso? — pergunta Rezende e, de repente, todos nós olhamos o laboratório de ponta a ponta.

Pô, nem o meu quarto é assim tão zoneado! Aliás, meu quarto é o paraíso da organização perto deste lugar, cara. Pra começar, aqui tem livro até o teto. Não tô brincando. E daqueles livros grandes, pesadões, tipo de biblioteca! Tem um monte de papel em cima das bancadas e das mesas, uns pergaminhos com uns garranchos pior que letra de médico! Enfim, sabe aquele papo de encontrar uma agulha no palheiro? É mais ou menos isso.

— O maior problema — avalia Rezende — é que nós não sabemos o que estamos procurando. Quando você sabe o que precisa encontrar, tudo bem. Mas o que nós vamos procurar aqui?

É, meu amigo levantou um bom ponto. Dou uma coçada na minha cabeça quadrada pra ver se meus neurônios se movimentam — e não é que funciona?

— Gente, me acompanha aqui. Temos que pensar com a cabeça do Gulov. Vamos por eliminação: se ele sabia da profecia do Herói Duplo e foi até o meu mundo me encontrar, não é possível que ele esteja aprisionado em uma masmorra qualquer.

Certo? Ele é forte demais pra isso. Nem o Olhos Brilhantes conseguiria detê-lo. E mesmo que o zoiudo do Olhos Brilhantes esteja colado com uma turminha do mal, mesmo que ele tenha alguma força por conta das almas que sobraram com ele, a magia do Gulov atravessa mundos. Ele é muito poderoso — explico, desenvolvendo o raciocínio o máximo que consigo.

— Faz sentido, Pedro. Continua, vamos daí! — comemora Marina.

— Se o Gulov atravessa universos com sua magia, se ele é poderoso aqui e no meu mundo, acho que temos que trabalhar com a hipótese de existir alguém tão poderoso quanto ele, ou talvez até mais. Só isso explicaria o desaparecimento dele até agora. Alguma coisa, ou alguém, está impedindo que ele volte ao vilarejo — digo, concluindo o raciocínio.

— Pedro, acho que você tem razão — concorda Rezende. — Você disse para pensarmos com a cabeça do Gulov. Se ele está sempre à frente de qualquer pessoa, usa magia, sabe calcular os riscos de tudo, com certeza saberia dos perigos que estava correndo. Além disso, ele sempre pediu para a gente estar a postos para encarar nossos inimigos. Quem sabe o Gulov não encarou o dele?

— Se o nosso Gandalfinho estava sendo ameaça-do, ou sabia que algo de ruim poderia acontecer com ele a qualquer momento, tenho certeza de que não nos deixaria no escuro. Ele se prepararia. E, mesmo de longe, iria nos orientar. Tem alguma pista aqui, sim. Um mapa, talvez? — pergunto a todos, feliz por ver que estamos conseguindo ligar alguns pontinhos!

— Um mapa seria muito banal, gente. E muito fácil de ser encontrado. Imagina se invadem o vilare-jo e entram aqui? Vocês acham que o Gulov deixaria um mapa em cima da bancada, prontinho pra cair nas mãos erradas? Se tem uma coisa que o Gulov não faz é ser óbvio. Sem dúvida ele previu que algum dia nós precisaríamos da orientação dele, mesmo à dis-tância, mas deve ter escondido muito bem o manual de instruções, vamos dizer assim — aponta Marina.

Olho para Lara, Isabella e Valentina. Elas nem piscam. Nadinha. Tá vendo? Elas são robôs, sim! Ou zumbis? Mano, se tem uma coisa que eu aprendi as-sistindo a séries é como matar zumbis. Brincadeira, não foi só isso! Nas séries policiais, a primeira pis-ta é sempre falsa. A pista certa está no último lugar onde os detetives pensam em olhar, ou com o último suspeito a prestar depoimento. Ou nas manchas de sangue que só aparecem com luz negra, claro.

— Alguém tem um celular pra me emprestar? — pergunto aos meus amigos, que me olham de um jeito estranho.

— Celular? Um micro-organismo celular, você quer dizer? — rebate Marina.

Ah, gente, às vezes eu esqueço que esse universo do jogo tem um quê de século retrasado. Por mais bizarro que pareça, não tem internet aqui! Nem TV a cabo, nem micro-ondas. Quer pipoca? Tem que catar o milho e explodir, cara!

— Uma câmera fotográfica com flash. Alguém tem? Aqui em 1850 a fotografia já chegou, né? — brinco, mas o trio robô não ri.

— Serve essa aqui? — Marina aponta uma câmera de mil novecentos e pedrada num canto do laboratório. A câmera é velha, mas tem flash!

— Observem e aprendam, amigos — digo, cheio de marra. Se não der certo vou ficar como? Com a cara na poeira, né? — Lara, Isabella, Valentina, eu preciso de fita adesiva e um marcador permanente azul. Quer dizer, uma caneta com tinta azul.

— Nós sabemos o que é um marcador permanente, Pedro. — Lara me olha com desdém. — Toma, tá aqui.

Quem diz que a internet não serve pra nada está redondamente, quer dizer, quadradamente enganado! Colo a fita adesiva no flash, rezando pra funcionar, e passo o marcador azul cinco vezes. Bom, com o celular funciona... Com um flash antigo assim eu nunca testei. Mas vai que...

— Vamos lá. Tudo pronto? Vamos disparar esse flash! — digo, ansioso.

Zzzzzzzztchá! (Eu não sei imitar o barulho de um flash antigo, gente, desculpa. Mas é mais ou menos assim mesmo.)

— Vocês viram o que eu vi? — pergunta um Rezende bem empolgado. — De novo, Pedro!

Olha, não sei como, mas consigo disparar essa bodega uma, duas, três, quatro vezes.

E a Marina tinha razão. Nosso Gandalfinho sinistrão não ia ser assim tão óbvio.

Nas prateleiras cheias de livros, alguns números e letras se formaram assim que a luz negra bateu sobre eles.

— São coordenadas — conclui Marina, toda sorridente. — Eu sabia que o Gulov tinha um plano!

Rezende me abraça.

— Pedro, você é demais!

E, quando eu me dou conta, Lara, Valentina e Isabella já estão debruçadas sobre uns mapas, uns livros... Uns troços de cartografia, segundo elas. Tudo pra identificar onde ficam aquelas coordenadas. Marina, que já foi para o lado delas, comemora e dá uma dica da nossa primeira parada:

— Vamos precisar de um barco maior!

Todos nós rimos, e até o Puppy late em comemoração. Parece que ele entende que vai passear de novo! Mas claro que o trio robô não sorri. E isso só me dá mais vontade de gargalhar!

CAPÍTULO 3

Fim do flashback. De volta à programação normal, galera!

Piratas? Que tenso! O navio do nevoeiro — cada vez mais próximo — parece ter uma tripulação maior do que a nossa. Não que seja muito difícil, também: aqui no *União* (sim, esse é o nome da nossa embarcação!) estamos eu, Rezende, Marina e nossos companheiros caninos, Puppy e Isangrim. Três pessoas, um cachorro e um lobo.

Marina só precisou dar uma olhada para notar que havia umas seis cabeças por lá. Se realmente forem piratas, a gente pode ter trabalho... mas estamos preparados! Ainda assim, uma coisa me deixou meio bolado.

— Estranho, Rezende... — comento, enquanto puxo a espada da bainha. — Eu poderia jurar que já vi esse navio antes...

— Às vezes, um navio é só um navio, Pedrão — diz ele. — Agora, fica alerta que o bicho pode pegar a qualquer momento!

— Pode vir, cambada! — grita Marina, de arco em punho e flecha preparada pra disparar. — Já vou avisando logo: se me atacar, eu vou atacar!

Isangrim, o lobo da Marina, uiva como se estivesse chamando outros lobos que, infelizmente, não estariam perto o bastante pra dar aquela força. Puppy está ao lado do Rezende, mostrando os dentes e rosnando. Será que todo dente de cachorro é canino?

Rapidinho meu curto devaneio é interrompido pelo grito distante dos tripulantes do outro navio, que começam a se movimentar para tentar invadir nossa embarcação. Tem alguma coisa muito esquisita rolando... A cada vez que o casco do barco deles quica nas ondas, parece que emana um brilho azul, tipo uma poeira luminosa que some logo depois.

O navio pirata começa a contornar o nosso, até que chega a ficar alinhado, lado a lado, e então percebo que o casco tem um buraco... Epa! Peraí! Como é que um barco pode flutuar na água com esse rombo?

— AVANTE, CÃES SARNENTOS! — grita um sujeito com chapéu de três pontas e uma barba trançada. Balançando um sabre, ele continua latindo suas ordens: — Nem pensem em voltar para o convés do *Sereia Ruiva* sem tesouros, custe o que custar! Caso contrário, boto cada um de vocês pra andar na prancha!

Com um grito de guerra, três piratas correm para pular do barco deles para o nosso. Marina começa a disparar flechas na direção dos invasores, que pulam para a proa do *União*, enquanto grita:

— Olho neles, Isangrim!

Enquanto as flechas voam e Isangrim corre para cima dos inimigos, Rezende está às voltas com outros dois piratas que vêm se balançando em cordas que nem o Tarzan nos cipós e carregando uma faca na boca, pela parte traseira do barco.

— Façam o pior que conseguirem, porque vocês não dão nem pra saída — provoca Rezende, de espada em punho e com a confiança lá em cima. Afinal de contas, ele já enfrentou coisa muito pior. A postura do meu amigo me enche de determinação: não posso fazer feio na frente dos meus companheiros de aventura, certo?

— É isso aí, seus ladrões dos mares! — digo, em tom de ameaça. — Se vocês acham que podem derrotar a gente, é bom ir tirando o cavalo-marinho da chuva!

É, galera: seis inimigos contra três e dois bichos. A diferença é que eles não passam de piratas com uma reputação questionável, enquanto aqui temos o Herói Duplo, uma integrante da Aliança Desbravadora Revolucionária e dois animais que só ficam mais safos a cada dia que passa.

Quando dou por mim, o barbudo com chapéu de três pontas está a bordo do nosso navio (será que fiquei divagando demais?) e a apenas alguns passos de distância! Com o sabre na mão, ele ameaça:

— Passe os tesouros, rapazinho. E entregue o navio. Ou você vai virar comida de peixe...

Como um relâmpago, corro na direção do capitão pirata e desfiro uma espadada que atravessa seu corpo e... nada acontece. O barbudo olha para baixo, com um ar de surpresa, sem reação. Tem alguma coisa esquisita aqui...

Olho em volta e percebo que, bem, nenhuma das flechas da Marina acertou os adversários. Isangrim parou de rosnar. Quando tento pegar o sabre do pirata para desarmá-lo, minha mão simples-

mente o atravessa em pleno ar, como se ele fosse...
névoa.

De repente, outra voz — parece alguém um pouco mais velho que os demais — sai da cabine do navio pirata.

— É, capitão, você é um teimoso mesmo — diz um senhor, saindo da cabine e ajeitando os óculos no rosto. — Quando eu avisei que a gente partiu dessa pra melhor, você não quis acreditar. "Nãããão, contramestre, vamos continuar assombrando os mares", você insistiu. E eu falei: "Verdade, capitão, mas não do jeito que você está pensando". Só não comprovamos minha teoria antes porque os poucos navios com que cruzamos eram mais rápidos que o nosso e fugiram. Não estamos mais vivos.

O barbudo embainha a espada, solta o ar e diz:

— DESCANSAR ARMAS, tripulantes. O velhote tem razão. — Logo depois, os demais piratas do *Sereia Ruiva* fazem aquela cara de desapontados, mas não parecem muito surpresos.

— Essa barulheira toda para vocês serem... FANTASMAS? Ou mortos-vivos, sei lá? — pergunta Marina, um pouquinho decepcionada por perder a chance de uma batalha empolgante. — Vocês nem têm como roubar nada de ninguém, ora!

— O problema é que esse capitão é teimoso como uma mula e só me dá ouvidos quando convém — diz o velho.

— Verdade, contramestre! — concorda um sujeito careca, com um bigodão e um cinturão cheio de facas de vários tamanhos. — Lembra quando fomos atacados por uma criatura marinha gigante às margens da ilha da Sentinela?

— Nossa, é verdade! — comenta outro pirata, que tem pele bem curtida de sol, um moicano e um cinto com ferramentas rústicas. — Mas a gente conseguiu escapar dela e conduzir o navio até a areia, mesmo com esse rombo no casco.

— É mesmo. Pelo menos a gente encalhou de um jeito que dava até pra descer na praia — acrescenta um sujeito de avental, provavelmente o cozinheiro. — Pensei em descer para buscar mantimentos e... Estranho, não me lembro de mais nada depois disso! Só de estarmos novamente no navio e zarparmos!

Percebo que, durante esse papo todo, estava rolando uma leve música de fundo... um som de gaita. A melodia então para e o sujeito que estava tocando se manifesta:

— Nossa tripulação era muito maior antes. Agora somos só... sete? Lembro que atracamos na praia e o sol ficou mais forte. Uma luz intensa.

Eu, Rezende e Marina ouvimos todos esses relatos e chego bem perto de confirmar minha sensação: sim, esta é a tripulação daquele barco arruinado que avistei na praia, no começo da minha aventura passada! Que coincidência! Mas... Luz intensa? Sol mais forte? Isso me parece estranhamente familiar.

— Aquela criatura gigante... Eu achava que não passava de um mito — diz o capitão. — Eu deveria ter te dado ouvidos, contramestre. Desmerecer essa monstruosidade marinha como uma lenda foi muita irresponsabilidade. É complicado, não é mesmo? Essa vida no mar é cheia de histórias de pescador, todo mundo tem uma façanha. Fica fácil achar que é tudo baboseira pra assustar marinheiros de primeira viagem, sabe? "Olha, eu encontrei o Titã dos Mares! Ele afundou um navio como papel!" ou "Quando a tripulação estava desembarcada, eu vi o Olhos Brilhantes nos fundos de uma taverna e ele foi embora sem pagar a conta!".

Como é que é?! O que foi que ele disse?!

— É assim mesmo — concorda o cozinheiro. — "Se o Furacão Flamejante pedir para embarcar, não deixe, pois ele vai queimar o convés de madeira e o navio vai naufragar!"

Como é que é?! É isso mesmo?!

— HAHAHA! Só rindo mesmo — diz o mecânico.

— "Não acredite nas palavras do Magricela, ele só quer enganar você e levar seus ossos."

Eles disseram... OLHOS BRILHANTES?

— Vocês ficam falando assim, mas eu já acreditei muito nessas coisas, ouviram? — diz o atirador de facas. — Mas nessa época eu também acreditava no Gulov, que ele viria salvar a nossa pele caso a situação apertasse!

A tripulação inteira do *Sereia Ruiva* começa a gargalhar alto — e a diversão daqueles homens é tão intensa quanto a nossa cara de susto ao ouvir frases sobre uma luz intensa e o nome "Olhos Brilhantes" logo em seguida... E maior ainda ao ouvir "Gulov", com nome e tudo! Levanto a mão, pedindo a vez pra falar, e eles começam a diminuir um pouco a algazarra.

— Então, marujos... Tenho uma coisa pra contar pra vocês — digo, tentando parecer sério.

— Na verdade, são duas coisas — completa Marina.

— Olhos Brilhantes, Gulov... — lista o Rezende. — Tudo isso é verdade.

Eles olham pra gente com cara de "quem são esses loucos?", e explicamos um pouco do que aconteceu no passado.

Falamos sobre como Gulov me trouxe de uma terra distante para enfrentar um dragão e aprender a ser um guerreiro junto com esse outro rapaz bem parecido comigo.

Explicamos como investigamos o desaparecimento de várias almas do mundo, e que isso tinha ligação direta com um sujeito de olhos brilhantes. Acrescentamos que, com a ajuda da moça que agora está ao nosso lado, conseguimos derrotar temporariamente aquele inimigo sinistro — e que muitas dessas almas voltaram para os seus lugares de origem depois da fuga do olhudo. E revelamos que, certamente, mesmo sem terem se dado conta disso, eles também foram vítimas de Olhos Brilhantes.

E contamos que, ainda assim, Gulov continuava desaparecido.

— Então a luz brilhante que os marujos viram... — reflete o capitão.

— Era ele mesmo, o olhudo em pessoa. Sequestrando suas almas. Muitos de vocês não se lembram do que aconteceu depois, mas ele usa essa luz brilhante como uma espécie de camuflagem. Por isso vocês não o viram — explico a ele.

— E o fato de estarmos... meio mortos e meio vivos... — O capitão, coitado, tá tentando entender o que rolou.

— Nós enfrentamos e ferimos Olhos Brilhantes e, com isso, algumas almas retornaram. Vai ver as de vocês não foram libertadas por completo. Só pela metade. Por isso a meia vida — chuta Rezende.

— Isso explica por que voltamos ao mundo dos vivos, mesmo que... diferentes — conclui o contramestre.

— Do jeito que a coisa vai, se o tal Titã dos Mares era verdadeiro, e Olhos Brilhantes também... então até o Gulov deve ser real! — comemora o mecânico.

— Calma aí, meus bons homens. Eu já ouvi um bocado de histórias nesta vida e já vi coisas que deixariam vocês de cabelo em pé, como... Hã, como nossa própria condição atual — fala o capitão. — Não quero acusar ninguém de ser mentiroso nem nada, mas... o fato de algumas lendas serem reais não significa que todas sejam. Vocês teriam como provar que Gulov é mesmo real?

— Claro, capitão — respondo. — Vou te levar na cabine do nosso barco e...

— Alô, Pedro? Rezende? Marina? — Uma voz feminina ecoa da nossa cabine.

— Alguém na escuta? Câmbio! — diz outra voz, vinda do mesmo lugar.

— Alguma irregularidade? O navio de vocês parou no radar. Algum problema? Por que não estão mais em movimento? — continua uma terceira voz.

A tripulação do *Sereia Ruiva* parece surpresa.

— Vocês estão... escondendo mais mulheres na cabine? Mas isso é uma tragédia para qualquer embarcação! Vocês deveriam se envergonhar! Mulheres a bordo são mau agouro! — diz o capitão.

— Pera lá, pera lá. A capitã aqui discorda desta afirmação! — responde Marina, botando ordem no pedaço.

— Calma que tudo se explica — diz Rezende, abrindo a porta da cabine e mostrando nosso comunicador.

Pois é, galera, na falta de um celular pegamos uma das bugigangas do Gulov e adaptamos para ter como acionar Lara, Isabella e Valentina no vilarejo. Enquanto elas ajudam os moradores que tiveram suas almas roubadas e acabaram de voltar à vida, também podem ficar de olho no radar e responder a qualquer dúvida que surja aqui em alto mar. O comunicador parece um radiotransmissor antigo da época da vovó, mas funciona que é uma beleza.

Explicamos a elas o que aconteceu com o navio pirata. Já para os piratas, contamos que essas três exploradoras faziam parte da A.D.R. e que nos ajudaram a desvendar algumas coordenadas deixadas pelo Gulov — coordenadas que ainda não encontramos.

— Acredito na sua história. Vi sinceridade e lealdade em seus olhos — fala o capitão. — Querem saber? Fomos com a cara de vocês e vamos dar uma forcinha. Podem contar com a gente para chegar nesse lugar aí.

— Boa, chefe — diz o contramestre. — Vamos dar uma chance ao destino e ver quantos desses mistérios são verdadeiros, mesmo.

— Até porque não temos nada a perder agora, né? — sugere o músico.

— Espero que não — responde o mecânico.

E com isso ganhamos novos aliados pela busca das coordenadas. UHUL, eu sempre quis ser um pirata!

CAPÍTULO 4

Enquanto isso, no covil dos vilões...

— Como nosso amigo de olhos brilhantes foi imprudente e subestimou o poder do Herói Duplo... — diz o Arquiduque Teutis, sempre com aquele som característico de água em movimento.

— Eu só antecipei um pouco o início do nosso plano — interrompe Olhos Brilhantes, claramente contrariado. — Todos sabem que eu batalhei por cada alma deste universo! Quem pode me culpar por desejar capturar a alma mais poderosa? Eu só queria cortar caminho, por assim dizer. Isso não invalida o nosso objetivo final. Ainda tenho algumas almas comigo. Poucas, mas que podem servir para algo no momento oportuno.

— Sua precipitação não invalida o nosso objetivo, é claro. Nosso líder uma vez disse que os fins justificam os meios, mas precisamos refletir bem antes de agir. Como você mesmo admitiu, perdemos muitas almas que já estavam coletadas neste embate com o Herói Duplo. Precisamos de um tiro certeiro. Sem qualquer possibilidade de erros — avalia Lorde Ignis, caminhando pelo salão com seu eterno crepitar.

— Não podemos mais decepcionar o mestre. Olhos Brilhantes, ele te deu o privilégio de ser o primeiro de nós a sair desta fortaleza para investigar a profecia, e você tinha que ter sido audacioso, mas sem esquecer a cautela. Deveria ter planejado melhor, e não pulado etapas — reflete o Marquês dos Ossos, estalando a cada passo. — Agora, o que está feito está feito. Vamos recomeçar. E ouvir com atenção o Oráculo.

Os olhos de Cássia continuam vendados. Mas, mesmo com a visão encoberta no momento, ela sabe exatamente quem está ao seu redor. Cássia está no covil dos vilões, um lugar em que jamais chegaria sozinha. Mas as vozes em sua cabeça…

Depois de passar na seleção para a A.D.R., Cássia partiu em sua primeira missão. Disso ela se lembra.

Mas as vozes... As vozes a deixaram confusa e... davam ordens diferentes. Ordens para machucar as pessoas. Foi aí que Cássia soube que representava um risco para suas amigas.

Estava desnorteada e não sabia como controlar as vozes dentro dela. Marina, Lara, Isabella e Valentina pensaram que ela estava falando sozinha... Mas eram as vozes, que entravam em sua mente e eram tantas, tantas...

Como Cássia podia acabar machucando alguém, não aguentou mais e correu pelas cavernas, até se cansar. Ela fechou os olhos e sentiu a presença de Marina. Não queria ferir sua líder. "Fica longe de mim!", gritou ela, antes de quase ficar cega ao ser atingida por uma luz muito forte, apesar de continuar de olhos fechados.

Então, como em um sonho... ou melhor, como em um pesadelo, Cássia subitamente viu o que aconteceria em seguida, mas não teve forças para evitar. Marina seria capturada, e ela também. Aparentemente, Cássia previa o futuro. Ela tinha acabado de descobrir seu dom, mas, pelo visto, o lado mau da força já sabia tudo sobre seus poderes.

— Oráculo, o que você vê? Onde está o Herói Duplo? — Uma voz retumbante ecoa pelo recinto hermeticamente fechado. Todos estão ao redor de Cássia, mas o dono da voz é o único que ela não é capaz de ver.

O Mestre. Logo que chegou ali, quando os outros ainda pensavam que ela estava desacordada, Cássia se lembra de ter ouvido algo sobre ele. Os outros falaram alguma coisa sobre o Mestre não estar por perto. Ele era poderoso. Muito poderoso. Em outro universo. Mas também era capaz de se comunicar através dos mundos. Sua voz ecoava. Do mundo real até ali. Magia. Quem era ele? Talvez, por enquanto, fosse melhor não saber mais que isso.

— Ela ainda está confusa — diz o Arquiduque. — Quem sabe um bom banho de água fria possa acordar essa visão além do alcance? Precisamos de boas informações, ou então... Alguém vai ter que pagar com a vida.

— Chega de torturas — responde Cássia. — Só preciso me concentrar.

Mesmo vendada, Cássia fecha os olhos. Sua vida depende de um poder que ela ainda não sabe bem como usar ou controlar. Mas pensa em Marina na caverna, na última vez em que viu a amiga, e subitamente começa a enxergar alguns flashes. Marina. O Herói Duplo. O virtual e o real, o criador de almas.

Juntos em um barco, em alto-mar. Um cachorro... Um lobo... Piratas! Eles estão conversando. Falando algo sobre Gulov. Cássia sabe que os vilões não conseguem ler seus pensamentos, nem enxergar suas visões. Eles só conseguem entrar em sua mente com as vozes, como um rádio. Ela precisa dar uma resposta. Só não precisa dizer a verdade.

— Alguma coisa está bloqueando a minha visão total. Consigo ver todos eles, mas não escuto o que estão falando. Estão no vilarejo — diz ela, sem hesitar.

— Estão no vilarejo? Ah, sim! E o céu é azul, e o sol é quadrado? — rebate Lorde Ignis, de maneira irônica e agressiva. — Estão no vilarejo fazendo o quê? Comemorando? Bolando um plano de ação?

— Já disse que não consigo ouvir o que eles estão falando — mente Cássia. — Eles estão gesticulando, diante de um livro. Parece que estão tentando encontrar um jeito de mandar um deles de volta para casa, no outro mundo. É o que parece. É tudo que eu consigo ver.

— Quer dizer que o Herói Duplo está com medo! HAHAHA! Uma de suas metades vai voltar para o outro mundo. Isso facilita a nossa vida — avalia o Marquês dos Ossos.

A voz trevosa surge outra vez, e seu tom causaria um arrepio em qualquer pessoa, quadrada ou não.

— Vamos ficar acompanhando. Por hoje é só. Deixem o Oráculo repousar!

Todos saem do recinto. O último é o Arquiduque, que cochicha no ouvido de Cássia:

— Estou de olho em você. Não sou um oráculo, mas sei bem quando as pessoas são... escorregadias — murmura ele, soando ainda mais bizarro por seu barulho de água.

Ao fechar a porta, o Arquiduque Teutis chama um de seus súditos, sem que os colegas vejam.

— Por precaução, fiquem a postos nas saídas aquáticas do vilarejo. Lagoas, mares... Estejam preparados.

CAPÍTULO 5

Nem parece que já faz alguns dias que encontramos os piratas ectoplasmáticos pela primeira vez, porque eles se revelaram uns companheirões de verdade!

Só pra terem uma ideia: como o cozinheiro não tem mais família ou amigos, decidiu compartilhar sua receita secreta com a gente — e não adianta insistir porque, se é segredo, é pra ser guardado e fim de papo!

Já sobre a nossa missão em andamento, o contramestre ajudou a alinhar algumas informações, e eu sinto que estamos cada vez mais perto de nosso destino misterioso. É bom confiar na experiência de quem entende e sabe mais do que você. Afinal de contas, ninguém nasce sabendo, então ouvir o que os outros têm a ensinar pode ser uma boa.

Ainda assim, consigo captar que o capitão fantasma ficou um pouco desconfiado ao ouvir as conversas sobre aonde vamos. Mas ele logo mudou de assunto, perguntando coisas como: "Ei, marujo, por acaso já contei da vez em que quase acordei casado com uma estátua?".

Pelos cálculos da Marina e do contramestre, chegaremos ao lugar apontado pelas coordenadas do Gulov em pouco menos de duas horas — se o tempo se mantiver estável e não tivermos nenhum imprevisto, é claro. Felizmente, o clima está bem agradável, com aquele solzinho quente do meio da tarde que esquenta bem, mas com uma brisa que dá uma refrescada.

Então, de repente, não mais que de repente, damos uma conferida na lateral da embarcação e percebemos um grupo de criaturas marinhas nadando perto do nosso navio. Eu me lembro de todos aqueles programas de TV mostrando as belezas naturais do oceano, com golfinhos e baleias acompanhando barcos em movimento, toda aquela coisa bonita e tal. Só que não são golfinhos, e muito menos baleias. Parecem... lulas e águas-vivas.

— Meio... grandinhas, né? — observa Marina.

— O que estão dando pra elas comerem? Fermento?

— Ou *whey*, HAHAHA! Tá saindo da água o monstro! — Claro que eu ia dar aquela zoada!

— HÃ? ONDE!? — pergunta Rezende, já pegando a espada. — Pô, Pedrão, você tá engraçadinho demais ultimamente. Não tinha nenhum monstro saindo da água.

— Tá cada vez mais difícil acompanhar as brincadeiras do Pedro — comenta Marina, coçando a cabeça, confusa. (Pelo visto, os memes de malhação na academia não chegaram aqui no mundo virtual…)

Instantes depois, sentimos nosso barco balançar, como se algo tivesse batido com força no casco. De repente, outro impacto! Tenho um mau pressentimento sobre isso! Em seguida, uma das lulas emerge do mar entre o *União* e o *Sereia Ruiva* e emite um som estranho, como uma língua muito antiga… que só eu e o Rezende conseguimos entender. Peraí, eu sei o que é isso. É a língua do dragão que enfrentamos na nossa primeira aventura juntos!

— *O Arquiduque manda lembranças. O Herói Duplo deve cair.* — Eu e Rezende traduzimos a frase para Marina.

Arquiduque? Que Arquiduque, gente? Enquanto trocamos olhares surpresos, a criatura mergulha de novo e desta vez emerge com dezenas de outras lulas e águas-vivas de tamanhos variados.

— Essa criatura é parecida com a que nos atacou! Em guarda, marujos! — grita o capitão do *Sereia Ruiva*, para todos no *União* e em sua embarcação ouvirem.

Logo nós três também estamos de armas em punho, nos preparando para o inevitável combate!

— PIRATAS! — grito para a tripulação do outro navio. — Distraiam essas coisas! Elas não conseguem atingir vocês!

Muitas águas-vivas começam a flutuar fora do mar, se arremessando contra nosso convés e tentando nos atacar, antes de voltarem para a água, dando lugar a outras. Rezende tem uma mancha vermelha no braço, e percebo que foi causada por aqueles tentáculos molengas das criaturas.

Marina está na beirada do navio, disparando flechas nas lulas que tentam atacar com seus tentáculos. Uma delas quase acerta nossa amiga, mas consigo desferir uma espadada antes que algo de pior aconteça. Ufa!

Os piratas conseguem distrair algumas criaturas, e dá para ouvir a risada de longe a cada uma que é ludibriada pelo status fantasmagórico dos nossos aliados.

Parece que não são criaturas tão inteligentes assim, o que me deixa meio bolado com um negócio: se elas não são lá tão brilhantes, como é que uma delas falou com a gente?

Será que era apenas... uma mensageira? E de novo: quem é esse tal Arquiduque, que quer ver a gente se lascando?

A batalha continua por mais um bocado de tempo e, à medida que nos aproximamos do ponto das coordenadas deixadas por Gulov, as criaturas começam a ficar para trás. Ainda assim, que canseira elas nos deram! Quero ver quem é que vai varrer todas essas coisas gelatinosas do convés depois...

Quando praticamente todas as criaturas desapareceram, a lula emerge de novo, à frente do barco, e diz naquela língua antiga:

— *Vocês podem navegar para onde quiserem! Mesmo assim, o Arquiduque vai encontrá-los... Ele é poderoso no oceano... HAHAHA!*

Depois disso, a lula mergulha... e não volta mais. Hmmm.

— Então é isso aí? Um molusco telepata falando de um tal Arquiduque e querendo botar medo na gente? — pergunto.

— Muito estranho, isso — diz Rezende.

— Hãããã... rapazes? — interrompe Marina. — Acho que nossos amigos têm algo a dizer...

Olhamos para o lado e vemos a tripulação do *Sereia Ruiva* com um ar de preocupação, até que o capitão quebra o silêncio.

— Pelos oceanos! Não basta essa criatura ter aparecido! Eu *sabia* que meu mau pressentimento tinha justificativa! — começa ele, levando as mãos à cabeça e mexendo com nervosismo no chapéu de três pontas. — Segundo os relatos de outros desbravadores dos mares, esta parte do oceano deve ser evitada!

— Eita! Por que isso? — pergunto, com um pouquinho de medo da resposta.

— Os antigos diziam que aqui era... um lugar amaldiçoado que engoliu uma ilha. Terras que aqui estavam não existem mais, e ninguém sabe onde foram parar — desabafa o capitão. — Até outro dia, eu achava que o Titã dos Mares era só uma fábula, assim como Olhos Brilhantes. E vejam vocês, fomos atacados! Também pensava que Gulov era um personagem de conto de fadas... E vocês estão aqui, atestando que ele é real. Bem, eu também pensava que fantasmas não existiam. Depois do que vi com vocês, não duvido de mais nada...

— Até que para um cético você está se saindo um sujeito de mente aberta, capitão — alfineta o contramestre. — Até que enfim!

— Tripulantes do *União*, temo que não possamos seguir vocês nesta parte da travessia. Só gostaria que soubessem que uma amizade feita no mar é como um iceberg que nunca se desfaz — diz o comandante do *Sereia Ruiva*.

— Muito obrigado por tudo, capitão — respondo.

— Não foi nada, marujos. Agora é hora de zarpar. Foi uma honra navegar ao lado de vocês, Pedro, Rezende e Marina! E dos cachorros também, claro.

Aos poucos, o navio deles vai desaparecendo no horizonte, como névoa. Uma ilha desaparecida? Será que essa lenda é real? Se for, dá pra entender por que nem as criaturas do tal Arquiduque gostam de nadar por aqui.

Eu e minha boca grande... Pouco depois, as ondas param, mas o mar começa a tremer. E não há sinal de nenhuma criatura. Onde é que eu fui amarrar meu burro?

CAPÍTULO 6

Saca aqueles filmes de tragédia no oceano? Então. Imagina como é passar por isso na vida real. Virtual. Ah, vocês entenderam! Imagina como é sentir isso na própria pele! Por mais que eu já esteja acostumado a me ver todo quadrado, se tem uma coisa que eu ainda acho estranha é o mar. Quando as ondas começam a bater, parece que um monte de bloquinho azul vai cair bem na sua cabeça. E do jeito que tá agora… Mano do céu, deve ser um tsunami, porque o que mais tem é bloquinho azul voando pelos ares!

— É um tsunami, gente! Não tem o que fazer! Nós vamos morrer! — grito logo, pra todo mundo ficar ligado que não tem escapatória. — Se não for com o tsunami, pode ver que a gente vai bater num iceberg, que nem o *Titanic*! Aí o navio vai partir ao meio e nós teremos que ir pra... Proa? Pra popa? Ai, meu Deus do céu, acode aqui, que como marinheiro eu sou um ótimo YouTuber! Se eu já demorei pra tirar a carteira de motorista, imagina quanto tempo não vou levar pra aprender o que fazer com um navio em alto-mar!

— Tsunami? *Titanic*? Isso é magia? — berra Rezende. Mais uma bola fora minha. Esqueço que aqui não tem essas coisas!

— Migo, foca no NÓS VAMOS MORRER! Afogados, ainda por cima! Ondas gigantes vão nos devorar! — grito, começando a entrar em desespero.

Enquanto Isangrim, o lobo da Marina, não para de uivar, o coitado do Puppy tá todo encolhido num cantinho. Se é pra morrer, vou partir dessa pra melhor abraçado com meu amigo canino!

— Calma, gente. Quer dizer, não dá pra ter calma, eu sei, mas reparem no movimento do navio! Ele tá rodando no próprio eixo! Bem diferente de quando vem uma onda! — explica Marina, antes de dar um gritão, se segurando em uma parede para não cair.

Espera um pouco... Ela tem razão! Fecho os olhos e sinto tudo girar e girar e girar...

Puppy se desvencilha do meu suado abraço de pânico e corre pra parte da frente da embarcação. Ele puxa a corda da vela com a boca e o navio para de tremer e passa a rodar com suavidade, como um parafusinho entrando em uma bucha na parede. É muito esperto esse cachorro, nossa! Rezende, Marina e eu trocamos um olhar e corremos para a lateral do barco e... Ai, meu Deus, é isso mesmo: estamos agora girando devagar no ralo do mar! No ralo do mar, gente!

— Olha, nunca vi isso acontecendo em nenhuma das minhas expedições. Esse tipo de fenômeno... só pode ser magia. Nenhuma literatura especializada catalogou nada parecido até hoje e...

Meu! Não dá nem tempo de a Marina terminar de falar. Do nada uma redoma se forma, envolvendo o barco. Ainda bem que está todo mundo por perto, senão ia ser igual naquela série de TV em que a bolha de vidro parte até uma vaca no meio, fala sério! Ainda estamos meio abestalhados com o que está acontecendo diante dos nossos olhos quando o rádio toca altão lá de dentro. Marina corre para atender: com certeza o trio robô têm alguma coisa importante para contar!

— Marina... Zzzxxxxx... Amaldiçoado... Zzzzxxxx... — diz Lara, a robô n° 1, pelo rádio.

Bom, a julgar pela interferência, acho que já estamos fora da área de cobertura, né?

— É, amigos, acho que o rádio já era — constata Marina. — Espero que as meninas consigam ajudar o pessoal no vilarejo, porque nós estamos só por nossa conta agora.

— Caramba, isso até que é bem bonito — diz Rezende, olhando para fora da bolha e totalmente alheio ao que Marina acabou de dizer.

Começamos a descer em direção ao fundo do mar e todas aquelas imagens sensacionais desses documentários da TV estão rolando bem aqui na minha frente. A única diferença é que é tudo quadradinho, né? Peixes, águas-vivas, corais… Um mundo de cores incríveis diante dos meus olhos. Na época em que eu jogava futebol lá na Itália, nunca poderia imaginar que um jogo de computador me levaria tão longe. Nesse caso, ao fundo do mar, dentro do próprio jogo!

Por um momento, nós três esquecemos o terror absoluto que acabamos de passar e ficamos curtindo a vista. Puppy, é claro, não para de latir para os peixinhos quadrados.

Finalmente atracamos no fundo do mar. E o que vemos é uma cidade como outra qualquer, cheia de casas, só que… debaixo d'água. Aqui não é escuro como dizem, e não tem aqueles peixes mutantes bizarros que a gente vê nos livros, saca? Sabe, aqueles fosforescentes com uns olhos estranhíssimos e bocas cheias de dentes? Mas de vez em quando passa um monte de peixinho junto e é bem engraçado! Ainda estamos prestando atenção nisso quando a redoma começa a desaparecer devagarzinho. Por precaução, prendo a respiração. Vai que fico sem ar, né? Mas...

— Como é que estamos respirando e falando normalmente debaixo d'água? — questiona Rezende.

Nisso aparece um sujeito com cabeça de peixe. Com cabeça de peixe quadrada, é claro!

— Olá, Pedro e Rezende! E moça Marina, que tem um pouco de nós no nome. Como vão? — diz o peixoso. — Vocês são os amigos do Gulov, não é? Ele me disse que vocês viriam. Demorou uns quinhentos anos marítimos desde o aviso, mas vocês chegaram. Fizeram boa viagem? Alguma turbulência?

Se um emoji pudesse resumir a nossa cara neste momento, acho que seria este:

Como assim, gente? Estamos no fundo do mar, falando e respirando normalmente, e um cara com cabeça de peixe não só sabe os nossos nomes como também falou do Gulov! Estamos na pista certa, ufa!

— O que você sabe do Gulov, senhor... senhor... Qual é seu nome mesmo? — pergunta Rezende, enquanto percebo que Marina, discretamente, vai puxando o arco e flecha para perto. Será que eu deveria pegar minha espada? Não sei, algo me diz que podemos confiar neste cara. Ou seria neste peixe? Melhor sabermos como ele prefere ser chamado, né?

— Marinho Peixoto, muito prazer!

PARA-PERA-PARA-TUDO. Ele mora no fundo do mar, tem cabeça de peixe e se chama Marinho Peixoto? A zoeira não tem limites. Tento não falar nada, mas... Eu e minha boca grande!

— Mas esse nome é de nascença ou é apelido?

— Pedro, nós acabamos de chegar, não sabemos qual é o nível de perigo da situação e você já banca o engraçadinho? — sussurra Marina ao pé do meu ouvido, mas o peixoso, ou melhor, Peixoto, ri.

— AH, HAHA! Bem que o Gulov falou que um dia nós nos encontraríamos e você seria hilário.

Nosso novo amigo é bacana, hein?

Caminhamos com Peixoto pela cidade. Vemos um pouco de limo e algas nos blocos das casas, mas logo aparecem peixinhos quadradinhos pra comer essas coisas. Eles são tão pequenininhos! O Puppy também acha e tenta dar uma abocanhada neles, mas o Rezende logo corta o barato.

— Puppy! Aqui embaixo peixes são amigos, e não comida!

Não sei se é o fato de estar:

1. No fundo do mar (quadrado, mas é mar).
2. Respirando e falando debaixo d'água.
3. Me sentindo num desenho animado...

Mas até que simpatizo com o seu Marinho. Não acho que ele seja do mal... Na real, estou até curtindo o tour que ele está fazendo conosco pela cidade submersa.

— Há muitos anos, meus caros convidados, quando vocês nem sequer existiam, nossa ilha levava uma vida próspera. Tínhamos tecnologia avançada e éramos considerados parte de um dos ambientes mais importantes deste universo. No entanto, tanto progresso chamou a atenção de exploradores mal-intencionados — explica Marinho, enquanto nos mostra detalhes arquitetônicos da cidade e até um monumento oceânico.

— Piratas? — pergunta Marina.

— Como? Ah, não, não... Piratas não chegavam nem perto. Tínhamos um sistema de segurança à prova de saqueadores. Algo pior. Muito pior. Foi para proteger a nossa ilha que Gulov nos propôs um acordo: deveríamos nos dividir entre o céu e o mar. Metade da ilha se tornaria uma cidade submersa, essa aqui onde vocês estão. E a outra metade se tornaria uma cidade suspensa nos ares, acima das nuvens. Ambas indetectáveis, até para criaturas do mar. Gulov é um grande sábio, não é mesmo? — explica o peixoso, quer dizer, Peixoto.

— Então você está dizendo que a antiga ilha foi dividida em duas partes e essa é só uma delas? E por que nunca soubemos nada a respeito? Nem os livros contam essa parte da história! — questiona Rezende.

— E quem eram esses exploradores mal-intencionados? — completa Marina.

— Calma, moçada. Vocês terão algumas dessas respostas logo. Mas, sim, estamos metade no céu, metade no mar. Sobre os livros: você há de convir que, se a intenção era sumir do mapa, ter nossa mudança documentada não resolveria o problema. Gulov nos ajudou nisso com sua magia, obviamente — revela nosso anfitrião. — Na época, há muitos anos marítimos, como eu disse, seu amigo mago também nos confidenciou que, no momento em que se ausentasse ou não pudesse mais nos proteger, por qualquer motivo que fosse, a profecia seria cumprida e o Herói Duplo redescobriria as duas cidades, salvando este universo outra vez. Bem, acredito que a hora finalmente chegou. "Os anos de paz estarão prestes a acabar quando na cidade submersa o Herói Duplo chegar." UHUM. Isso mesmo.

— Novos versos da profecia... — murmura Rezende.

Tudo que Marinho Peixoto está nos contando só me deixa mais confiante na nossa missão. Podemos não saber o que vai acontecer nesta saga, mas sabemos que estamos seguindo um plano pensado pelo Gulov há trocentos anos, e isso me deixa um pouquinho mais calmo. Como não botar fé nos desígnios do meu querido Gandalfinho?

— Eu tenho uma dúvida. Esses líderes de outras terras... — diz Marina. — O que aconteceu com eles?

Boa, garota!

— Sabia que você faria essa pergunta, jovem. A resposta é simples: assim como nos protegeu, nos escondendo por meio de magia, Gulov exilou esses exploradores em um lugar que nunca soubemos onde fica. Só sabemos que lá é o Fim de Tudo — explica Marinho.

Seja qual for o plano do nosso dublê de Dumbledore, tudo está saindo de acordo com o que ele imaginou. A sensação que passa é que Gulov deixou migalhinhas pelo caminho para nós seguirmos e chegarmos até ele. Sabe aqueles quebra-cabeças grandões que ficam um tempão em cima da mesa da sala até encontrarmos todas as pecinhas que se encaixam? Estamos naquela fase de localizar e separar as peças que cabem em cada lacuna!

— Pedro, Rezende e Marina. Vocês certamente terão mais respostas ao longo de sua jornada, que só está começando. Tenham paciência e absorvam bem cada pedacinho de informação. Estejam conscientes de que ainda enfrentarão muitos perigos, muitos. Mas preciso dizer que Gulov também me confiou, ainda que temporariamente, esta caixa aqui. — Marinho tira um baú da areia, de um ponto estrategicamente marcado com uma estrela-do-mar.

— E o que tem dentro da caixa? — pergunto logo de saída, sem conseguir me segurar.

— Só falta ser outra caixa! — responde Marina, impaciente.

— Sábio que é, Gulov previu que corria algum perigo e tomou suas precauções. Dentro desta caixa vocês vão encontrar itens necessários para sua missão, mas que só devem ser usados no destino final — diz Marinho, nos conduzindo de volta à nossa embarcação. Percebo que nossa visita à cidade submersa está chegando ao fim. O peixoso prossegue:

— Nosso encontro foi breve, porém proveitoso, não é mesmo? Levem algumas algas marinhas para suas refeições. São saborosas, posso garantir.

Agora você vê, vim parar no fundo do mar e ainda saio daqui com marmita!

Eu e Rezende carregamos de volta ao navio a caixa misteriosa, que está bem pesada, enquanto Marina leva as algas que ganhamos.

— Galera — sussurra Marina —, será que a gente não deveria abrir a caixa pra saber logo o que tem dentro?

— Tá doida? O homem não falou que só podemos abrir no destino final? — rebate Rezende.

— Nem que seja pra pegar umas coordenadas! Dependendo do que tiver aí dentro, fica fácil saber para onde temos que ir. Vai ver até cortamos caminho — insiste Marina.

— Sai pra lá, sai pra lá! Se disseram pra abrirmos a caixa no destino final, vamos abrir a caixa no destino final — digo de bate-pronto.

Rezende dá a cartada final:

— Marina, imagina como o Gulov ficaria magoado se soubesse que você não atendeu a um pedido dele. Como não sabemos onde ele está, nem o que aconteceu, pode ser até *o último pedido do Gulov em vida* — exagera Rezende, trabalhando na chantagem emocional.

Eu estou me segurando para não rir da estratégia RIDÍCULA do meu *brother*, mas nem dá tempo de a Marina responder: Marinho Peixoto se aproxima de novo com uns instrumentos marítimos nas mãos (ou eu deveria dizer nas nadadeiras?).

— Vamos verificar suas coordenadas, sim? — Ele usa os instrumentos para conferir as direções deixadas pelo Gulov. — É. UHUM. Isso mesmo. O próximo destino de vocês é nossa cara-metade, a cidade suspensa! Eu já imaginava, mas é sempre bom confiar também na ciência e não só na nossa intuição, não é? Vamos ajudar vocês a chegar até lá! Adeus, amigos. Contamos com o Herói Duplo, seja lá para o que for — se despede nosso já saudoso guia.

Depois de sair do barco, Marinho aperta alguns botões em um tipo de controle remoto. O chão começa a tremer, a areia se espalha e, subitamente, a redoma que cobriu nossa embarcação antes volta, mas sem água dentro, claro! Aos poucos começamos a subir, voltando para o ponto inicial em alto-mar.

Ei, ei! Como não pensei nisso antes? Eles têm um controle remoto! Bem que Marinho falou que a tecnologia da ilha era avançada! Eles têm um controle remoto, daqueles que parecem de garagem de prédio!

EU DEVIA TER PEDIDO UM CELULAR! Começo a bater na redoma e a gritar enquanto nossa embarcação está subindo:

— Marinho, Marinho! Me dá um celular, por favor, nunca te pedi nada! Marinhooooooo!

— Ele cismou com esses micro-organismos celulares, né? — comenta Marina.

— Verdade. Ah, deixa ele pra lá — responde Rezende.

CAPÍTULO 7

Enquanto isso, no covil dos vilões...

— Mas era só o que faltava! Essa jovenzinha não tem noção do perigo que está correndo! — exclama o Arquiduque Teutis, saindo a mil do salão e entrando no recinto onde está Cássia, seguido de perto pelo Marquês, por Lorde Ignis e por Olhos Brilhantes.

Cássia sabe que algo deu errado e imagina que pagará um preço por sua mentira. O Arquiduque está irado: desconfiou desde o início, e com toda razão, de sua lealdade. Ela vai precisar pensar rápido. Ao tentar proteger Marina e o Herói Duplo, Cássia acabou colocando a própria vida em risco. Talvez fosse mais prudente dar aos vilões o que eles querem e confiar cegamente no poder da profecia. Afinal, nenhum oráculo serve para nada depois de morto.

— Algum problema, Arquiduque? — pergunta o Marquês dos Ossos.

— O problema, meu caro Marquês, é que este Oráculo, essa jovem sem amor à própria vida, está mentindo para nós! — grita o Arquiduque, enraivecido.

— Como é? Mentindo? Ah, mas ela vai pagar por isso! — responde Lorde Ignis, também se irritando bem rápido.

— Um Oráculo que não diz a verdade. Vocês todos estão de parabéns por confiarem numa jovem de procedência desconhecida. Quem foi que monitorou essa farsante durante todos estes anos? — questiona Olhos Brilhantes, com ar de deboche.

— Fui eu. Algum problema com isso, Olhos Brilhantes? — A voz retumbante do Mestre ecoa pelo local, fazendo tremer até mesmo o mais destemido dos vilões.

— Problema nenhum, Mestre. Desculpe, eu me expressei mal. — Olhos Brilhantes sabe que é mais inteligente voltar atrás, para o próprio bem.

Com os quatro vilões no recinto anexo ao salão, e ainda vendada, Cássia sente uma chicotada nas costas.

— O Herói Duplo estava no vilarejo, não é mesmo? — provoca o Arquiduque.

— Foi o que eu vi. O que aconteceu depois, não sei dizer — mente Cássia.

— Se ele estava no vilarejo, como minha legião de lulas e águas-vivas foi dizimada em alto-mar? — O barulho de água, tão característico do Arquiduque, fica mais violento, como ondas agitadas.

— Foi isso mesmo que aconteceu, Arquiduque? — ecoa novamente a voz assombrosa.

— Sim, Mestre. Deixei todos de sobreaviso, por precaução. E foi isso que aconteceu. Um verdadeiro massacre.

— *Foi isso mesmo que aconteceu, Oráculo?* — A tensão transparece em cada palavra pronunciada pela voz.

— Eu não sei. Estou vendada, acorrentada e sendo torturada. Como vocês esperam que eu veja alguma coisa nessas condições, presa nesta sala? Meus poderes de clarividência estão prejudicados. Preciso de serenidade para me concentrar. O que eu vi, contei a vocês. Se aconteceu algo mais, como eu já falei, não sei dizer — fala Cássia, apostando alto em sua mentira.

O silêncio paira absoluto, até que o Mestre resolve falar.

— Tirem a garota daqui. Removam a venda e mandem preparar um quarto de hóspedes. Quero que providenciem um banho e separem roupas novas. Também ofereçam um bom jantar e cuidem dos ferimentos dela. Entendido? Depois de uma boa noite de sono, voltamos a conversar. Isso é tudo.

Os quatro vilões trocam um longo olhar, mas não se atrevem a questionar as ordens do Mestre.

Por dentro, Cássia comemora.

— Ah, só mais uma *coisinha...* — ecoa a voz do Mestre. — Essa é a prova da incompetência dos quatro. Sempre que agiram sem a minha autorização foram derrotados. A partir de agora, ninguém faz nada sem minhas ordens expressas. Às vezes, não fazer nada é a melhor das decisões.

CAPÍTULO 8

— Uau! Que vista mais bonita! — diz Marina, olhando para a terra lá embaixo.

— Não é todo dia que se vê o mundo de um lugar tão alto, né? — comenta Rezende, com um sorriso.

— Mesmo depois de tantas caçadas, é a primeira vez que subo tanto... Quer dizer, escalar montanhas é fácil, mas subir em um navio flutuante... Parece que tem uma primeira vez pra tudo!

Não é à toa que meus companheiros de aventura parecem tão impressionados com isso... Quando eu jogo de casa, às vezes dou aquela mudada nas configurações da partida para fazer meu avatar flutuar pelo cenário, e já é irado daquele jeito. Agora, eu nunca poderia imaginar quanto é mais irado ter essa experiência de dentro do jogo!

Viver tudo isso com meus amigos Rezende e Marina me faz ter certeza de que fiz a escolha certa ao ficar por aqui. Pelo menos por enquanto, para ajudá-los a desvendar o mistério do Olhos Brilhantes. Tudo bem, admito que tomei o maior susto quando a redoma que o povo do mar criou para nos transportar até a superfície começou a flutuar como uma bolha de sabão, carregando a gente junto. Mas logo lembrei que o Peixoto disse que ia nos ajudar a chegar na cidade aérea, então acho que estamos agora a caminho do próximo destino.

Ver o mundo assim, do alto, me lembra dos voos de avião que eu odeio tanto. Mas aqui é diferente, não fico com medo! E a primeira coisa em que penso é nos meus pais e no meu irmãozinho viajando comigo. Ainda bem que o tempo flui de modo diferente por aqui. E do jeito que minha mãe adora conversar, mesmo que o relógio corresse igual, lá e aqui, era bem capaz de ela ainda estar no telefone com o meu pai, HEHEHE. Mas de vez em quando bate aquela famosa bad e fico preocupado. Bom, o jeito é torcer pelo melhor e para terminarmos nossa missão o mais rápido possível!

Olho pro lado e vejo Marina encostando a cabeça no meu ombro.

— Uma vista dessas é ainda melhor quando compartilhada, né? — comenta ela, bem pertinho de mim.

Acima das nuvens, começo a vislumbrar algo sólido. Parece que é nosso destino que se aproxima! E... PERA AÍ! Passamos direto? Olho pra baixo e vejo uma ilha flutuante com algumas pessoinhas andando pra lá e pra cá... E, na hora em que o navio ameaça cair de novo, ouço um grito lá embaixo:

— Vocês estão a salvo! Não se preocupem!

De repente, a bolha estoura, mas uma força estranha faz nosso navio cair lentamente... até parar ao lado do que parece ser um cais de pedra. Olha que doideira, uma construção de pedra em pleno ar! E, em vez de usar cordas, o povo daqui usa magia para atracar os barcos no porto. Uma moça com cabeça de pássaro sai de uma guarita, olha para nós e sinaliza para outro grupo que está em terra firme (o que é até engraçado, se a gente pensar que é uma ilha no meio do céu!). A galera se aproxima e um deles toma a frente para nos receber.

— Que o sol seja louvado! Vocês chegaram! — diz o sujeito, que também tem cabeça de pássaro.

— Bem como rezava a lenda! Mas achei que esse dia nunca chegaria.

— Nossa, vocês moram longe, hein? — brinco. Olha quem tá falando, né, gente? Até parece que eu moro perto daqui!

— É uma vida tranquila, acho que vale o isolamento — diz o emplumado. Aliás, é aí que percebo que todos são assim neste lugar. — Ah, onde estão meus bons modos? Ainda não me apresentei. Meu nome é...

— Deixa eu adivinhar! Não fala, não — interrompo, sem a menor cerimônia. — Seu nome é... hmmm... Avelino Falcão?

— Hã? Não é, não. De onde você tirou esse nome? — responde ele, surpreso. — Esse é o nome mais bobo que eu já ouvi! HAHA! — completa, e o resto do povo atrás dele começa a rir.

— Ah, foi mal. Depois de conhecer o Marinho Peixoto, eu achei que... sei lá, né? Um no mar... outro no céu... enfim, foi mal pela brincadeira — respondo, meio envergonhado. — Mas diz aí, qual é o seu nome, então?

— Altair Aguiar.

— MEH. Passei perto, vai! — digo, sem dar o braço a torcer, pra risada da galera. — Bem, eu sou o Pedro, este rapaz aqui ao meu lado é o Rezende e a capitã ali é a Marina. Nossos companheiros caninos são o Puppy, o cachorro extrovertido, e o Isangrim, o lobo sério. Somos enviados do Gulov... ou algo próximo disso, porque tá uma gincana daquelas cumprir esta missão.

Olhando para a proa do navio, Aguiar responde, com um sorriso:

— Gulov nos avisou que vocês viriam, cedo ou tarde. Bem-vindos, tripulantes do *União*! Belo nome pra uma embarcação, aliás. Quem escolheu?

— Hã... digamos que foi uma decisão coletiva! — fala Marina, olhando pra mim e pro Rezende com um sorrisinho.

— Muito justo, muito justo — diz o anfitrião, antes de sinalizar com a mão. — Queiram me acompanhar, gostaria de mostrar a nossa pequena cidade no céu.

Caminhamos um pouco pela cidade. Olhando as casinhas, dá pra dizer que ela parece muito com a cidade submersa, só que com algumas diferenças: em vez de algas e limo, tem algumas plantas suspensas; em vez dos peixinhos, algumas gaivotas, que voam por perto. Como disse o Peixoto, é a mesma cidade, só que dividida em duas: uma parte no céu e outra no fundo do oceano.

— Admito que eu estava um pouco preocupado com a chegada de vocês — revela Aguiar, sem perder a simpatia. — Sei que a causa é nobre e que devemos depositar nossas esperanças no Herói Duplo, mas um velho ditado muito conhecido por aqui tem um clima meio sombrio: "E a batalha entre o bem e o mal há de começar depois que a cidade aérea o Herói Duplo visitar".

— Ih, Marina… — sussurra Rezende. — Nova parte da profecia?

— UHUM — concorda ela, assentindo.

Nosso guia continua:

— Por outro lado, fico mais aliviado ao saber que nossos invasores estão isolados em um lugar distante…

— No Fim de Tudo? — indaga Rezende.

— Sim, muito bem — responde Aguiar, com cara de satisfação. — Infelizmente, não sabemos muito mais do que isso… Talvez seja até para o nosso próprio bem. Nesse caso, eu confio cegamente nas instruções do Gulov. Aliás, estamos chegando perto da biblioteca. É lá que escondemos uma caixa que preciso entregar a vocês. Ah, e mais uma instrução…

— Já sei, já sei. Não abra até o destino final — termino a frase por ele.

— Mas vocês são praticamente especialistas nessa história toda! — responde o penudo, em tom de brincadeira.

Dois guardas abrem as grandes portas da biblioteca e somos recebidos por uma jovem bibliotecária com cabeça de coruja e usando óculos — que combinação engraçada! Ela sorri e aponta para a gente com aquela cara de quem tá perguntando "eles são quem eu estou pensando?". Depois que Aguiar acena que sim, a jovem nos cumprimenta, faz um sinal de silêncio com o dedo na frente da boca (afinal de contas, é uma biblioteca, né?) e nos guia para uma ala nos fundos do prédio.

Assim que entramos na ala, ela olha para Aguiar, fecha a porta e se vira para nós.

— NÃO ACREDITO! Finalmente vocês chegaram! — exclama, como se estivesse reencontrando amigos de longa data. — Eu tenho tantas perguntas! Imagino que vocês estejam com pressa, então vamos lá... A caixa fica naquela estante ao final do corredor, à direita.

Caminhamos até lá, olhamos e...

— Ué, não tem nada aqui além de livros — deixa escapar Rezende, meio decepcionado.

— AHÁ! É isso que você pensa — responde a corujita, piscando um olho. — Algo valioso assim tinha que estar escondido! Temos que puxar alguns livros na ordem certa, para liberar o acesso. Hã... deixa eu veeeer... *O terror dos tentáculos... As chamas da discórdia... Vingança e ossos cruzados... Um olhar brilhante nas trevas...* e pronto!

Quando Rezende puxa o último livro, um compartimento se abre e uma caixa igualzinha à que recebemos na cidade submersa está lá.

— Pronto! — diz ele, enquanto passa a caixa para as mãos da Marina, que agradece.

Tô feliz que a gente conseguiu garantir mais uma caixinha, mas um negócio me deixou meio encafifado e com uma pulga atrás da orelha.

— "Tentáculos", "olhar brilhante"... tem algum motivo especial por trás desses livros? — pergunto para Aguiar.

— Ah, essas obras raras têm ligação com alguns acontecimentos que percorrem nossa história há tempos. De uma época em que nem mesmo eu, Marinho ou até Gulov existíamos. Do tempo dos antecessores dos nossos ancestrais. Por exemplo: *As chamas da discórdia* é sobre uma criatura flamejante que vive através da destruição dos outros. Esse livro teria sido escrito depois que um incêndio misterioso devastou nossas plantações, enquanto nosso povo ainda vivia no nível da superfície.

— Já *Vingança e ossos cruzados* é uma história de terror que todo mundo aqui conhece desde criança! — continua a corujita. — Tem gente que acredita mesmo no esqueleto macabro que aterroriza as pessoas...

— Hmmm... por acaso esse *O terror dos tentáculos* envolve criaturas marinhas atacando embarcações? — pergunta Rezende, pensativo.

— Sim, sim, é isso mesmo. Você já leu? — quer saber a bibliotecária. — O trecho em que as lulas e as águas-vivas afundam um cargueiro é uma das passagens mais conhecidas.

Eu, Rezende e Marina trocamos um olhar, e a nossa cara de susto é a mesma.

— Por acaso o nome "Arquiduque" aparece nesse livro? — questiono, tenso pra caramba.

— Aparece, sim — fala Aguiar. — Ele é o soberano maligno dos oceanos e tem controle das criaturas de lá.

— Gente... Nós passamos por uma situação assim há algumas horas — diz Rezende.

— E uma lula disse "O Arquiduque manda lembranças"... — completa Marina. — "O Herói Duplo deve cair." Numa língua estranha, que esses dois tiveram que traduzir para mim.

Eu paro, penso e conto minha teoria:

— Uma criatura com tentáculos ataca nosso navio em alto-mar, cita o Herói Duplo e esse vilão do livro pelo nome...

— "Olhar brilhante" também parece com alguém que a gente conhece, né? — interrompe Marina. — Isso não pode ser à toa. Já esbarramos com uma criatura assim, e também com esses seres do mar que tentaram destruir nossa embarcação e falaram sobre o Arquiduque. Pedro, Rezende, eles não são lendas. Alguns já eram bem reais para nós, e agora temos a certeza de que todos eles são.

— Temo que você esteja certa, jovem. Todos esses acontecimentos que estão em nossos livros, como nossa estimada bibliotecária contou, foram inspirados em experiências muito antigas. Nem eu, nem ela, nem toda a nossa geração chegamos a ver esses vilões cometendo as atrocidades mostradas nestes livros. Mas sabíamos da existência deles, e, quando nossa ilha já estava mais desenvolvida tecnologicamente, eles tentaram se aproximar, nos atacando em conjunto. Mas o Gulov foi mais rápido e impediu a chegada desses exploradores mal-intencionados, nos escondendo no céu e no mar e nos protegendo com sua magia. Há quem desmereça a veracidade desses livros, normalmente os mais jovens. Mas nós, que tivemos a honra de conviver com o Gulov, sabemos que é tudo verdade — explica Aguiar.

— Bem que o Marinho falou que teríamos mais respostas e informações... Agora precisamos processar tudo isso — comenta Marina.

— É, pessoal — diz Rezende, parecendo mal acreditar nas próprias palavras. — Acho que os mitos estão mesmo interligados... E não têm nada de mitos. São bem reais.

— E se essas criaturas são reais, e já esbarramos com duas delas no nosso caminho, temos que nos preparar para a possibilidade de encontrar as outras logo, logo — completo, falando sério, bem sério.

CAPÍTULO 9

De volta ao *União*, damos tchauzinho aos nossos novos amigos — no caso de Puppy e Isangrim, latidos e uivos. Nunca voei de balão, mas, depois dessa experiência nos ares, quem sabe um dia? Aguiar libera nosso navio do cais, e ele começa a descer lentamente, cortando nuvens fofinhas. Agora sempre que olhar para o céu vou lembrar que existe uma cidade aqui em cima! Irado!

— Eles são gente boa, né? — Rezende sorri.

— Estamos fazendo bons amigos nessa jornada. No fim das contas, isso é o que importa! — concluo.

De repente escutamos a voz de Marina, que estava analisando as coordenadas dadas por Gulov e conferidas por Aguiar antes de partirmos.

— Essas coordenadas... Eu já passei por lá. Boca do Inferno. — Percebo a tensão na voz da nossa amiga e capitã.

— Com esse nome sinistro? É nossa próxima parada? — pergunto.

— Sim, seguindo as coordenadas apontadas pelo Gulov — acrescenta Marina. — O lugar recebeu esse nome dos nossos antepassados exploradores. Em uma das expedições, chegamos até os arredores da Boca do Inferno e não havia absolutamente nada, mas era um local bem peculiar. Senti uma vibração muito, mas muito sinistra ali. Como se alguém estivesse nos observando.

Nossa, se é comigo saio correndo na mesma hora! Tá besta?! Pode botar zumbi, dragão, criaturas do mal de todo tipo na minha frente, mas coisa que eu não consigo ver e tá me vendo? Nem pensar!

— Marina, já ouvi depoimentos de outros caçadores e guerreiros da aldeia na linha do que você falou. Eles foram a esse lugar e não encontraram nada. Nenhum animal, nadinha. Mas contaram que tiveram a mesma sensação de serem observados, uma vibração pesada mesmo. Já aconteceu de homens com centenas de missões arriscadas nas costas se recusarem a ir até a Boca do Inferno por conta dessas histórias — revela Rezende.

— No meu mundo tem um lugar cheio de lendas desse tipo, chamado Triângulo das Bermudas. Dizem que mais de cem navios e aviões já desapareceram lá sem deixar qualquer vestígio. Bem louco, mano! Tem quem diga que é coisa de extraterrestre, mas muita gente diz que lá tem uma passagem pra outra dimensão, umas paradas desse tipo — conto para os meus amigos, me lembrando de todos os documentários sobre aliens que já acompanhei na TV.

— E se... Não, isso é muita loucura, não pode ser — diz Rezende.

— Fala, Rezende! Toda ideia é uma boa ideia, até que se prove o contrário — incentiva Marina.

— Vocês vão me achar maluco se eu disser que a Boca do Inferno pode até ser uma passagem pra outra dimensão? Que nem esse Triângulo das Bermudas que o Pedro contou? — pergunta ele.

— Outra dimensão? Amigo, isso faz todo o sentido. Pensa comigo: se o seu quarto está desarrumado, você vai receber uma visita e não tem tempo, você faz o quê? Soca tudo dentro do armário!

Pode dizer, sou bonzão em comparações.

— Pedro, o que uma coisa tem a ver com a outra? — desdenha Marina.

Ai, me deixa! Eu sei o que eu tô falando!

— Se você precisa prender um grupo perigoso de vilões, vai deixar eles na sua cidade ou esconder em um lugar onde não possam ser vistos? De onde *teoricamente* uma fuga é mais difícil? — acrescenta Rezende.

Ele me entende! Não é à toa que somos o Herói Duplo!

— Se lembra da história de que o Gulov prendeu um grupo de vilões em um lugar que seria o Fim de Tudo? Marina, você disse que se sentiu observada na Boca do Inferno. E será que não estava sendo mesmo? O que eu quero dizer é que provavelmente estamos navegando bem na direção de quem estamos procurando. Ou não, né, porque ninguém quer procurar um monte de coisa ruim... Mas, bom, vocês entenderam! — termino de explicar.

— Claro que não são respostas definitivas, mas é bom ficarmos preparados — completa Rezende, bem cauteloso.

— É isso aí. Já descobrimos o quem e o onde. Agora só faltam o quando, o como e o porquê. — Isso me faz lembrar das aulas de redação!

Uma ruga surge na testa quadrada da Marina.

— Gente. Se a Boca do Inferno for mesmo a passagem pra uma dimensão paralela... Será que a Cássia poderia estar lá? Lembra que eu contei que estava indo atrás dela quando fui capturada pelo Olhos Brilhantes? Não sei, ela pode ter sido pega também... Queria muito acreditar que ela está viva em algum lugar.

— Bem, só temos um jeito de saber! — exclamo, ajustando as velas com a ajuda do meu fiel cão do mar, o Puppy.

CAPÍTULO 10

Marina tinha razão: à primeira vista, o aspecto da Boca do Inferno é bem curioso. Tá me lembrando o Stonehenge (aquele monumento pré-histórico que existe na Inglaterra, conhecem? Procurem na internet que tem um monte de foto!). A diferença é que o círculo de pedras do Stonehenge foi, até que se prove o contrário, construído por alguém. Já esse aqui parece feito pela própria natureza local. As pedras da Boca também são mais altas, mas a disposição circular é bem parecida.

O *União* avança mais um pouco, e percebo que existe uma pequena ilha de areia entre as pedras altonas. E só. Parece meio sem graça, inclusive. Pelo menos o Puppy e o Isangrim vão ter um espacinho mais amplo e legal pra correr e brincar um pouco, enquanto a gente resolve as coisas da missão... Dá até pena dos bichos: nem eles conseguem relaxar totalmente com todas essas viagens que estamos fazendo.

Assim que ancoramos o navio perto de uma das pedras do grande círculo, vemos que é possível ir andando até a ilhota de areia. Com água pela cintura, mas vamos que vamos. Ainda bem que o cachorro e o lobo sabem nadar. É muito estranho: apesar de ser só uma ilha com areia, pedras e nada mais, dá pra perceber que todo mundo aqui tá meio tenso, como se algo de ruim pudesse acontecer.

(Também, né? Vão chamar o negócio de Boca do Inferno! Se fosse "Ilhota da Calmaria", talvez a impressão passada fosse mais legal! Quem é que escolhe esses nomes macabros, gente?)

Marina segue adiante com Puppy e Isangrim nadando cachorrinho (como esperado), enquanto eu e Rezende vamos carregando as caixas que pegamos na cidade dividida entre o céu e o mar. Quando chegamos à areia, nossos mascotes se sacodem pra tirar a água e nós três trocamos um olhar.

— Bom, não sei o que vai acontecer aqui... nem se vamos sair vivos dessa... — começa Marina, com uma ponta de preocupação.

— Se a gente não sobreviver a isso, pelo menos tentamos até o fim! — sentencia Rezende, com a coragem que sempre demonstrou ter e me inspirando com suas palavras. — A postos, Pedrão?

— Vamos nessa, Rezende! E digo mais: já passamos por tanta coisa juntos, tenho certeza de que não vamos nadar e morrer na praia! Pescou, hein, pescou? Nadar, morrer na praia? Não? — Ah, o senso de humor do mundo virtual é diferente demais!

Finalmente colocamos as caixas no chão, lado a lado, e contamos até três para abrir as duas ao mesmo tempo.

— Um... dois... três!

— Já! — berra Marina, parecendo uma apresentadora de programa de auditório.

De repente, dois fachos de luz azul saem das caixas — como se fossem duas lanternas acesas —, um indo na direção do outro. Não dá para olhar o que tem dentro da caixa, por enquanto, pois a claridade é muito forte! No lugar onde as luzes se cruzam, uma figura humana e quadrada surge. E parece alguém... familiar, mas não sei bem quem é ainda.

Olho para o Rezende e ele abre um sorriso daqueles. Será que...?

— *É chegada a hora. Se vocês estão vendo esta mensagem, é porque conseguiram seguir com sucesso as pistas que deixei! Isso significa que ainda temos uma chance de deter as forças do mal!*

GENTE! É uma gravação do Gulov! Só que ele parece muito mais jovem do que eu já vi! As caixas têm algum dispositivo que projeta imagens no ar — criando tipo um holograma mesmo. Volto a prestar atenção à mensagem, que parece mais vinda de um Obi-Wan Kenobi fantasma:

— *Mesmo o Herói Duplo, a única esperança contra esta terrível ameaça, deverá contar com o máximo de ajuda possível. Quando entrarem na Boca do Inferno e encontrarem a fortaleza, não terei como protegê-los, mas confio que vocês saberão o que fazer. Sem os objetos que estão nas caixas, será impossível completar esta missão... Esta gravação irá se autodestruir, então recomendo que coletem tudo o que precisam bem rápido... Os Orbes Ômega... Um par de olhos. Sem eles, vocês não ativarão o portal para o Fim de Tudo. Usem os Orbes, ativem o portal...*

— Não dá pra ver nada, como é que vamos pegar esses objetos? — reclamo. — Tá claro demais!

— Shhh! Deixa ele falar! — diz Marina.

— *Imagino que vocês estejam preocupados comigo, mas, se chegaram até aqui com sucesso, as respostas também chegarão mais rápido do que vocês imaginam.*

Nós trocamos um olhar e, em vez de impaciência pela falta de respostas, só consigo ver determinação no rosto dos meus companheiros.

— *Nesta fortaleza vocês devem encontrar o Fim de Tudo... E um tesouro muito precioso para mim. Uma vez próximos do Fim, atenção ao Orbe Ômega... E aos três. Os olhos no Orbe indicarão a direção para o Fim. Lá tudo será revelado, mas mais do que nunca vocês precisarão estar atentos ao caminho... Avante, Herói Duplo, a missão o aguarda! A ordem do universo há de ser restaurada!*

As luzes se enfraquecem: parece que acabou o recadinho fantasma do Gulov. Olhamos para o interior das caixas e vemos alguns blocos pretos, roxos e meio esquisitos, além dos tais Orbes Ômega, que parecem bolas brilhantes de porcelana. Coletamos tudo rapidinho, como Gulov nos orientou, e as caixas... *Puf!* Desaparecem no ar!

— Olha só! — diz Marina, em tom de surpresa. — Blocos de obsidiana! Não é todo dia que se esbarra nesse elemento, ele é bem raro de encontrar.

— Temos uma geóloga entre nós, é isso mesmo? — brinco.

— Para seu governo, tem muita coisa sobre mim que você ainda não sabe — responde ela, piscando pra mim.

— Realmente, se eu fosse depender das minhas habilidades de química e afins, acho que a gente ia demorar mais um bocado para entender tudo isso.

— Mas, hmm... são poucos blocos, né? O que será que dá pra fazer com algo tão limitado? Será que o Gulov calculou errado? — questiona Rezende.

Aí é que dá aquele estalo: eu já vi isso antes nas minhas partidas, e acho que sei exatamente o que precisa ser feito!

— Apenas observem, companheiros, apenas observem — esnobo, com aquele ar de quem sabe perfeitamente o que está fazendo. Pego os blocos e começo a construir algo que parece um vão para botar uma porta. — Tcharaaaam! — cantarolo, comemorando minha obra.

— "Tcharam"? — pergunta Rezende.

— Muito bem, você fez um retângulo esquisito — diz Marina. — E agora?

— E agora... É, agora tá faltando alguma coisa que eu não lembro — respondo, com um pouco de vergonha. — Será que eu posso pedir uma ajuda às universitárias?

— Que universitárias, Pedro? — indaga Marina.

— Ah, nem precisa dizer: é um daqueles seus *mimes*, né?

— Memes, Mariiiina, meeeeeemes. E eu quer... Ah, lembrei! — retruco, com aquela satisfação. Eu sabia que já tinha visto isso antes no jogo, só não tinha me ligado para o que servia. — Alguém tem alguma coisa para acender uma chama?

— Sério, Pedro? — indaga Rezende. — A gente tem o maior trabalho pra chegar aqui, e agora você quer atear fogo no negócio?

— Só confia, mano, só confia — me limito a dizer.

— Tá bom, vai, toma aqui — Marina enfia a mão no bolso quadrado e me estende uma caixinha de fósforos. — O que foi? Eu faço parte de uma equipe de desbravadores, sempre ando preparada!

Eu sorrio, pego os fósforos com a Marina, me aproximo da minha criação de obsidiana e digo:

— Agora vai.

Assim que jogo um fósforo aceso e o fogo toca a obsidiana... um brilho meio roxo começa a se espalhar entre as peças que formam o vão da porta. E, assim que esse brilho faz a volta completa, ouvimos um barulho de rajada de vento e... onde era um vazio no retângulo, aparece um portal para um lugar muito, muito diferente de tudo o que vemos ao redor.

Rezende avança, olha para a Marina, estica o braço na direção do portal e diz:

— Primeiro as damas.

CAPÍTULO 11

Uma coisa que sempre rola nas séries e nos filmes é o seguinte: você tá numa missão ultrassecreta, arma um plano, entra onde tem que entrar e tá fazendo tudo direitinho e... pisa num troço que faz barulho. Tropeça num fio. Pode reparar: sempre tem um maluco estabanado nessas situações. Aí os outros ficam suando frio, o cara ri achando que se safou e... pisa no negócio barulhento de novo. Os guardas ouvem e soam os alarmes. Pois é.

Pensando bem, eu fico na dúvida se esses caras do mal:

1. Achavam que não chegaríamos tão longe.
2. Estavam esperando a gente aqui o tempo todo.

3. Estão jogando biribinha de boas, numa relax.
Brincadeira!

O negócio é que acabamos de ver a fortaleza, que é uma construção enorme e meio... cavernosa. Tem uma escadaria bem na frente e, para chegar até lá, é preciso atravessar uma ponte. Seremos alvos fáceis.

— Rapazes, evitem olhar pra baixo, ok? — aconselha Marina, quase sussurrando. — E muita atenção onde pisam. Provavelmente este lugar está cheio de armadilhas. Não queremos chamar atenção pra gente.

— Isso mesmo, Marina. Pedro, já fica a postos com sua espada. Vamos dando cobertura um para o outro — recomenda Rezende.

— Vamos nessa, mano — respondo, tranquilo. — Mas o que tem lá embai...

Sabe aquela cena em câmera lenta que rola antes de alguma coisa dar errado? Pois é. Pra que eu fui perguntar o que tinha lá embaixo?

OLHEI.

EU OLHEI.

TEM RIOS DE LAVA.

Era só isso que eu queria dizer. Pela atenção, obrigado.

AI MEU JESUS CRISTINHO MANO DO CÉU SOCORRO!
Não é como se eu nunca tivesse visto lava na vida
enquanto eu jogava, e até aqui no mundo do jogo,
mas a sequência foi assim:

- Perguntei o que tinha lá embaixo.
- Olhei para baixo.
- Fiquei boladíssimo e me desequilibrei, à beira do barranco perto da ponte.
- Tomei um susto e gritei.
- Rezende e Marina correram para me segurar e evitar que eu caísse.
- Puppy latiu e Isangrim uivou, e os dois também correram de um lado para o outro.
- No que eu gritei, aconteceu exatamente o que eu estava falando que acontece nas séries e nos filmes: tocou um alarme.

Tudo isso aconteceu há exatamente vinte segundos, e agora tô aqui parado pensando no mole que eu dei enquanto o alarme está berrando nos nossos ouvidos quadrados.

— Pedro, o que eu falei? Poxa, agora viramos um alvo mais fácil ainda!

Marina está chateada, e com razão. Gulov também ficaria *revolts* comigo: ele sempre diz que precisamos manter o foco, e minha distração pode custar a missão!

— Calma, gente, vamos pensar pelo lado bom. Agora não precisamos mais cochichar — responde Rezende, tentando levantar nosso ânimo. — Vamos lá: precisamos chegar ao outro lado da fortaleza. Temos que fazer isso juntos! Se alguém aparecer, Marina nos dá cobertura com o arco e flecha, e eu e o Pedro nos garantimos na espada. Certo, Pedro?

— Certo, Rezende! — É incrível como ele tem sempre a palavra certa pra levantar a gente!

— Vamos contar até três e começamos a correr. A ideia é não parar no meio da ponte. Quem vier nos enfrentar vai ter que nos encarar em terra firme, longe da lava. Preparados?

Enquanto isso, no covil dos vilões...

— Por acaso é o alarme de invasores que está tocando? Mas não é possível! — esbraveja Lorde Ignis, já irritado.

— O Mestre nos proibiu de agir por conta própria. Taí o resultado — comenta o Marquês dos Ossos.

— Minhas legiões já foram derrotadas, não tenho como enviar ajuda agora — conforma-se o Arquiduque Teutis.

— Não é possível que o Herói Duplo tenha conseguido penetrar nossa fortaleza. A menos que...

— A menos que alguém tenha ajudado. Uma ajuda poderosa, eu diria. — A voz do Mestre se espalha pelo recinto. — Mas subestimar o inimigo é sempre um erro. E foi isso que vocês fizeram até agora. Aqui dentro, eles terão que jogar o nosso jogo. Lorde, Marquês, agora sim podem enviar suas tropas, mas vocês ficam aqui, ao lado do Arquiduque. Não espero que seus soldados triunfem, pelo contrário. Será um novo massacre. Mas precisamos cansar o Herói Duplo.

— Sim, Mestre — respondem os dois, contrariados por ouvir que seus súditos não dão nem para o gasto.

— Olhos Brilhantes, o mesmo vale para você. Nem pense em sair daqui. Ouviu bem? — ordena o Mestre.

Ele não responde, mas acena com a cabeça e pergunta:

— E o Oráculo?

— Tenho planos para ela — diz o Mestre.

Em seu quarto, Cássia sabe o que os vilões estão falando. Em sua cabeça, continua ouvindo suas vozes. Mas já não é controlada por elas, e, ao esticar as mãos, percebe que um pequeno campo de energia acaba de se formar ao seu redor. Ela acaba de descobrir um novo poder.

De volta à entrada da fortaleza...

— Corre, Pedro! Lembra as aranhas da nossa primeira aventura? Pensa que elas estão alcançando a gente! — berra Rezende.

Só de ser lembrado daquelas perninhas de aranha corro duas vezes mais rápido!

— Pessoal, tropas na escadaria! — grita Marina.

Estamos na metade da ponte e vemos, lá longe, um exército de esqueletos de carvão e de pequenas criaturas de pele amarela e olhos pretos.

— Isso é moleza pra vocês! Continuem correndo que eu cubro aqui de trás! — avisa Marina, começando a disparar suas flechas enquanto tentamos não cair na lava, que seria morte certa.

— Falta pouco, Pedrão! Menos de cem metros! Foco! — implora Rezende.

Pequenas bolas de fogo começam a vir em nossa direção. Agora, além de cuidar para não cair na lava, temos que desviar dessas criaturas-torpedo e correr ao mesmo tempo.

— Lembra das aranhas! — berra Rezende.

Nós conseguimos desviar dos bichos de lava, mas o fogo começa a afetar a estrutura da ponte. Nem penso duas vezes:

— Pessoal, saltão! Agora!

Marina corre na nossa direção, junto com Puppy e Isangrim, e pulamos todos juntos em direção à superfície, que é tipo um hall antes da escadaria por onde descem os monstrengos. Ufa, conseguimos! E com direito a um belo rolamento. Ainda bem que estamos com a saúde em dia!

— Não dá tempo de pensar muito. Hora de destruir esses bicharocos! — digo aos meus amigos.

— Nada como água para apagar o fogo! — fala Marina, molhando a ponta de suas flechas no cantil antes dos disparos. — Isso deve ajudar!

— Pedro, os esqueletos estão com espadas! No mano a mano a gente consegue acabar com eles! — Rezende se anima.

— É isso aí! Eles podem ser muitos, mas nós somos sinistros! — respondo, lembrando o nosso treinamento, lá atrás, quando conheci o Gulov, o melhor Gandalf do universo.

— *Força! Levanta! Gira! Ataca!* — *grita Rezende.*

— *Força! Levanta! Gira! Ataca!* — *repito, executando os mesmos movimentos o melhor que posso.*

— *Não está bom! De novo! Mais uma vez! Atenção, Peeeeedro!* — *berra Gulov.*

É lembrando essas palavras que começamos a empilhar esqueletos! No fim das contas, não tenho certeza se esses feiosos são mesmo de carvão, mas são diferentes de todos os outros ossudos que enfrentamos. É quase como se um zumbi de repente ficasse mais esperto, saca? Definitivamente esses filhotes de cruz-credo são um pouco mais aperfeiçoados que os outros!

Enquanto Marina dispara suas flechas nas criaturinhas de fogo, Puppy e Isangrim a ajudam a devolver esses enviados do coisa-ruim pro lugar de onde eles nunca deveriam ter saído: o fogo! Olha, o Puppy sempre foi esperto, mas o Isangrim acabou se tornando um ótimo parceiro de aventuras também! Correndo de um lado para o outro, nossa dupla canina atrai os bicharocos para o rio de lava. Bingo!

— Nós vamos conseguir, Pedro! Isso é só um teste. Estamos nos preparando pra jogada final! — diz Rezende, entre uma espadada e outra.

— A prática leva à perfeição, amigo! — Dou uma rodopiada e pronto! O último esqueleto está morto! Quer dizer, ele já estava morto antes porque era um esqueleto, mas agora está morto de vez!

— Acabou, gente! Nossa união sempre faz a força! — vibra Marina, se juntando a mim e a Rezende em um abraço coletivo. — Mas eu tô esgotada. E gastei muitas flechas. Puppy, Isangrim, poderiam me ajudar a recolher as que caíram aqui pelo chão?

Enquanto Marina se afasta, reparo que ela olha de novo para mim e sorri. Bom, ultrapassamos mais esse obstáculo. Espero que os outros seres malignos dos livros saibam que não estamos pra brincadeira, seja nessa fortaleza ou em qualquer outro lugar!

No covil dos vilões...

— Como esperado, o Herói Duplo e sua amiga exploradora derrotaram os exércitos. Mas tenho certeza de que agora estão começando a entender em que fria se meteram — a voz do Mestre, mais uma vez, ocupa a sala toda.

— E por que temos que esperar aqui, de braços cruzados? Estamos seguindo suas ordens e até agora nada disso me parece digno de alguém tão poderoso — ataca Olhos Brilhantes, impaciente, diante dos olhares surpresos do Marquês, do Arquiduque e do Lorde.

— Eu até poderia ir até lá e esmagar todos eles com minhas próprias mãos, mas não é este o plano. O plano é ter prudência e agir na hora certa. Por enquanto, eles não passam de ratinhos brincando na gaiola, mas a hora da grande batalha vai chegar — reflete o Mestre.

— Pois então não estarei aqui para ver. Ao contrário de você, Mestre, eu gosto de agir. E se eu conseguir derrotar o Herói Duplo por conta própria, como quase fiz uma vez, exijo ser tratado com mais respeito no Novo Mundo — esbraveja Olhos Brilhantes, peitando o Mestre, para o espanto dos companheiros de vilanias.

— Não seja ingrato, Olhos Brilhantes. Não se esqueça de tudo o que o Mestre fez por nós. Sem contar que você foi o primeiro a sair daqui, não só para o vilarejo como para o outro mundo, o dos humanos — retruca o Arquiduque.

— É isso mesmo. E, se não fosse o Mestre, estaríamos confinados nesta fortaleza para sempre — acrescenta o Marquês.

— O Mestre vai nos liderar para o novo mundo! — finaliza o Lorde Ignis.

— Como vocês são tolos! Para início de conversa, se não fosse o Mestre, não teríamos sido exilados aqui. Tudo começou quando nos unimos para roubar a tecnologia daquela ilha... Seguindo um plano dele! — Olhos Brilhantes parece mesmo revoltado.

— Pois você não parecia quando fechamos o nosso acordo. — A voz do Mestre parece estar subindo de tom. — Quando me juraram lealdade em troca da promessa de poder e riqueza no novo mundo!

— Pois saiba que estou cansado de receber ordens sem explicações! — O clima esquenta no covil dos vilões, e a ruptura parece definitiva.

— Olhos Brilhantes... Se você quer morrer, quem sou eu para impedir seus instintos de camicase? Saiba apenas que não poderei proteger você, uma vez que sair por essa porta e atravessar para o outro lado da fortaleza. Você estará abandonado à própria sorte — ecoa a voz do Mestre, mais uma vez.

— Não sou medroso como você, que fica se esconder... E diz ser tão poderoso...

Com essas palavras, Olhos Brilhantes parece acabar de vez com a paciência do Mestre, que perde as estribeiras:

— Você quer ir? Apenas vá! Vá!

Olhos Brilhantes sai, batendo a porta como um menino mimado.

CAPÍTULO 12

— O.k., flechas recolhidas. Todos beberam água? Podemos seguir adiante? — quer saber Marina, aparentemente já recuperada da canseira da luta inesperada com as criaturas de fogo e os esqueletos.

Mas a verdade é que nem temos tempo de responder, porque uma luz muito forte surge na escadaria, acompanhada de uma risada macabra.

— Olá, heroizinhos de meia-tigela. Acharam que eu perderia a oportunidade de acabar com vocês pessoalmente?

Mano! Essa voz...

— Zoiudo, você ainda acha que tem alguma chance de nos vencer? Aceita que dói menos, você não é o mesmo de antes! — provoco o cara.

— Pedro, calma. A arrogância é o começo do fim de qualquer herói — diz Marina, baixinho, ao pé do meu ouvido.

— Tá tudo bem, só tô jogando o jogo dele! — respondo a ela, também baixinho.

— Vocês poderiam ter facilitado as coisas... Eu já havia coletado quase todas as almas necessárias. Mas faltava uma... Uma que carrega muitas outras. Mas não se preocupem. Eu sou apenas uma pequena peça de uma engrenagem muito maior. Vocês vão aprender a duras penas o que é o medo. E eu vou ajudar a ensinar essa lição — brada Olhos Brilhantes.

— Você está errado, cara. Sabe por quê? Porque nós sabemos que o medo leva à raiva, a raiva leva ao ódio, e o ódio leva ao sofrimento. E nós não temos medo de você. — Rezende embarca na minha provocação.

— E sabe o que eu vou te ensinar, Zoiudo? Que você nunca, nunca deveria ter cruzado nosso caminho. Porque eu e o Rezende, nós, o Herói Duplo, vamos ser as últimas pessoas que você vai ver em vida! — sentencio, já partindo para o ataque.

Olhos Brilhantes começa a levitar e a descolar alguns blocos da construção da fortaleza. Mas nós já sabemos como mandar o sabichão dessa pra melhor.

— Se lembram do que falei da outra vez? Pensem no futuro! — diz Marina.

Ele é forte, mas é fraco. Pode ser, mas sem as almas que carregava da outra vez, agora está se movimentando bem mais rápido. Mais leve, o Olhão faz o vento soprar mais forte.

— Por acaso acham que só vocês aprenderam novos truques, heroizinhos de meia-tigela? — desafia o maluco.

Em futebol, rola um lance chamado pré-temporada. É quando os jogadores se reúnem no início do ano, antes dos campeonatos, para um longo período de treinos e de entrosamento. Bom, acho que posso dizer que encarar as tropas de esqueletos e criaturas de fogo foi a nossa pré-temporada. Se precisamos ser mais rápidos agora, já conseguimos melhorar nossas marcas durante a corrida na ponte! De YouTuber a maratonista, a São Silvestre que me aguarde!

— Rezende, está pensando a mesma coisa que eu? — pergunto ao meu amigo.

— Vamos nessa, cara! Pensa nas aranhas… E numa ponte rodeada por lava! — responde ele.

— E no futuro! — grita Marina, de longe, disparando suas flechas. — Puppy, Isangrim, ativar tática de dispersão!

Sim, a Marina ensaiou táticas de combate com nossos amigos caninos. Ela, que sempre foi uma exploradora e não uma guerreira, até que está se saindo uma perfeita estrategista! Puppy e Isangrim correm em uma espécie de carrossel, claramente tentando distrair o adversário sem partir para o confronto direto, buscando alguma brecha para que aí, sim, eu e Rezende o ataquemos.

Rezende e eu corremos como nunca, numa velocidade de deixar qualquer atleta olímpico com inveja. E conseguimos pensar no futuro: atingir não onde Olhos Brilhantes está, e sim onde ele *vai* estar. Mais ou menos como fizemos antes.

Apesar de o zoiudo entender o que estamos fazendo, parece que está mais... descuidado, sabe? Ou mais confiante. Ou talvez só esteja um pouco mais enfraquecido e, por isso, se poupando na luta. Ele cria sua proteção em forma do tufão das trevas, tentando se esquivar dos nossos golpes. Deve ter escutado que uma boa defesa é o melhor ataque.

Só que Olhos Brilhantes não conta com o fato de que eu e Rezende melhoramos nossas habilidades de combate. Sempre que ele desvia de um, o outro está por lá para recebê-lo a espadadas. O olhão vai ficando cada vez mais irritado, até que perde a paciência e vem com tudo em nossa direção, como se não existisse amanhã, com aquela cara de "ou vai, ou racha".

— Por que vocês ainda insistem? Resistir é inútil! — berra ele, fortalecendo o tufão, o que faz a minha espada voar longe, assim como Puppy e Isangrim. Pera lá, cara, ninguém maltrata meu cachorro!

É isso mesmo, produção? De novo teremos que derrotá-lo com uma arma a menos? Verdade seja dita, agora ele liberou o *power turbo* do tufão. Confesso que tá difícil ficar em pé sem ter que me agarrar a alguma coisa! Algumas pedras começam a se soltar, e fica ainda mais perigoso estar aqui, no meio desse vendaval.

— Rezende, Pedro! Se abaixem! As pedras! — grita Marina, agarrada a uma pilastra e apontando as pedras voadoras e assassinas vindo em nossa direção.

Sinto uma pancada leve, olho para o meu ombro e minha camiseta está rasgada! Mais alguns centímetros e eu teria levado uma pedrada fatal.

— Caraca, maluco! Essa passou muito perto!

Seria uma morte estúpida. Não vim de tão longe para perder a vida assim! Ainda bem que ouço a voz de Rezende, que fincou a espada no chão e estendeu a mão no meio da ventania para me alcançar.

— Já fizemos isso uma vez, Pedro! Conseguiremos de novo! Uma espada basta para o Herói Duplo! — diz meu amigo, enquanto também seguro a espada. — *Quando olhos de luz iluminarem o vento sombrio...*

— *Somente o Herói Duplo poderá abrir o caminho!* — completo a rima de um dos trechos da profecia enquanto, juntos, pegamos a espada e corremos na direção do zoiudo.

Com um golpe certeiro, Olhos Brilhantes cai novamente. Agora, para sempre! Se da outra vez a luz dos olhos dele saiu do corpo em uma esfera, agora ela começa a piscar, e a piscar cada vez mais fraca, como se fosse uma lâmpada queimando a cada apertada no interruptor.

— Nós não temos medo. E você vai nos contar onde está o Gulov, agora mesmo! — digo, tentando soar ameaçador.

— HAHAHAHA... Você não sabe de nada, Herói Duplo — solta ele, antes de fechar os olhos e se desintegrar para sempre, liberando uma fumacinha cheia do que, imagino eu, sejam as almas que ainda estavam em seu poder.

O fato é que finalmente derrotamos Olhos Brilhantes. Se antes ele parecia nosso principal adversário, agora, depois de tudo o que enfrentamos e descobrimos, ele se tornou apenas um *boss* de meio de fase, sabe?

— Eu sabia que vocês conseguiriam! Tenho tanto orgulho de estar junto com vocês nessa jornada, Pedro e Rezende — comemora Marina, com um sorriso.

— O Herói Duplo é realmente digno da profecia.

Puppy e Isangrim chegam felizes, abanando seus rabinhos quadrados, e se aproximam de nós três. É nesse lindo momento de harmonia total que... olhamos para a escada. E lembramos que ainda existem mais vilões esperando por nós lá dentro.

Agora ninguém pode nos impedir de seguir adiante! Pelos poderes do Gulov, nós temos a força!

No covil dos vilões...

— Lorde Ignis, Marquês dos Ossos, Arquiduque Teutis: enfim chegou o momento de vocês entrarem em batalha. Preparem-se — ordena a voz do Mestre.

Em seu quarto, Cássia se concentra. Sabe que sua hora de entrar em ação está chegando, e precisa calcular cada ato. Se ela se precipitar e antecipar o revide contra os vilões que tanto mal lhe fizeram, pode colocar o universo em risco.

CAPÍTULO 13

Nunca em minhas partidas eu imaginaria que essas localidades do jogo tinham um clima tão macabro, galera. Depois de encararmos o exército de esqueletos e as criaturinhas de fogo, além de nosso velho conhecido Olhos Brilhantes, finalmente subimos as escadas e... de repente... Sabe quando você aproveita um anúncio antes de o vídeo no YouTube acabar para fazer xixi, ou pegar uma pipoca? Aqui nós não temos esse tempo!

— É muita audácia vocês estarem aqui... — diz uma voz, que soa como o som de água borbulhante.

Olhamos para os lados e... não tem ninguém ali além de nós. Trocamos um olhar de espanto e subimos mais alguns degraus.

— Tolos. Vocês três não passam de tolos. Somente tolos se arriscariam por aqui — acrescenta uma segunda voz, que soa como o crepitar de uma fogueira.

Olhamos para cima, para baixo, para os lados e... nada... Como não tem ninguém ali além de nós, continuamos a subida.

— E por essa tolice vocês pagarão com a vida... — afirma uma terceira voz, que soa como o farfalhar de gravetos.

Cansado dessas frases enigmáticas e de tanto mistério, Rezende não se segura:

— Na boa? A gente já fez muita coisa pra chegar até aqui. Não vamos recuar agora por causa de um monte de vozes desencarnadas e de uns sons pra lá de esquisitos. Nada vai nos fazer dar meia-volta e fugir com o rabinho entre as pernas. — Esse é o Rezende que eu conheço, e é por isso que somos o Herói Duplo.

— Nós três aprendemos muito uns com os outros, e acho que nem todo o ouro do mundo teria o valor dessa amizade e desse espírito de equipe. Estou aqui para ajudar o Herói Duplo, com muito orgulho! — reflete Marina.

— Isso aí, Marina. A gente não vai abaixar a cabeça — respondo, querendo animar ainda mais a galera. — Não sem lutar! Vamos em frente! — continuo, seguido de latidos e uivos empolgados do Puppy e do Isangrim, sempre fiéis.

Por fim, entramos na fortaleza, e mal damos alguns passos e nos deparamos com um tríptico enorme (vou poupar a busca no dicionário, galera: é um grupo de três quadros que fazem parte de um conjunto!). Acho que nem nos museus que visitei com meu pai eu vi uma obra tão grande.

O primeiro quadro, *Teutis*, mostra um mar revolto, com navios quebrados naufragando e uma lula-gigante — aquela que falou com a gente no navio pareceria uma pulga na comparação com esta.

O segundo, *Ignis*, exibe uma plantação em chamas. No meio da devastação, está um enorme elemental de fogo, parecendo um furacão vivo.

O terceiro e último, *Marquês*, apresenta um deserto com pilhas de ossos por todos os lados e um enorme esqueleto cinzento, com olhos que parecem carvão em brasa por atrás de um elmo de batalha aberto na frente.

Depois de olharmos para os três quadros por alguns instantes, eu comento:

— Se isso aqui fosse uma aula de literatura no colégio, eu ia chutar que estamos diante da ilustração das histórias dos livros da cidade suspensa.

— Acho que você acertaria em cheio, hein? Pena que eles são feios pra caramba! Não tem pintor que dê jeito nisso — concorda Rezende.

— Hmmm... Mar, fogo e ossos. Bolhas, brasas e objetos finos... — diz Marina, pensativa. — Olha, não queria dizer nada, mas acho que são as vozes que falaram com a gente, né?

Eu e Rezende olhamos pra ela, que matou essa charada.

De repente, um clarão — como um relâmpago, que medo! — mostra que tem uma criatura no parapeito do andar de cima. E que essa criatura parece... um dragão.

— Você só pode estar brincando — fala Rezende.

— A gente já enfrentou um desses. Quem derrota um, derrota dois.

Outro clarão, mais forte do que o primeiro, mostra o que o bicho realmente é.

— Tá, Rezende. E um dragão de TRÊS CABEÇAS, como é que fica? — pergunta Marina, já puxando o arco e flecha e se preparando.

Não é brincadeira, gente: do pescoço até o topo, cada uma das cabeças desse dragão é diferente! A da esquerda parece a de uma criatura marinha, como uma lula; a do meio parece feita de fogo vivo; a da direita parece uma ossada cinzenta.

— A *união* trouxe vocês até aqui. E agora a nossa união dará um ponto final à sua jornada! — dizem as três vozes ao mesmo tempo. E, sim, foram eles mesmos que formaram o pior comitê de boas-vindas de todos os tempos, nos provocando quando a gente começou a subir a escadaria.

— Vamos lá, Pedro — incentiva Rezende, puxando a espada. — Herói Duplo para sempre?

— Herói Duplo para sempre! — respondo, como na primeira vez em que nos despedimos. — Em guarda, vilões!

Com um rugido multiplicado por três, o monstro desce em nossa direção. Marina dispara as primeiras flechas, e então para de atirar.

— Ô, Marina! Precisamos de cobertura! Flecha na coisa! — grita Rezende, sem ver que está bem na rota de uma rajada de fogo da cabeça ardente.

— Rezende, cuidado! — Dou uma de goleiro e pulo, esticando bem os braços, para jogar meu amigo no chão. A camiseta dele está chamuscada.

Se na luta contra Olhos Brilhantes eu quase tomei uma pedrada na cabeça e fiquei com um talho na camiseta, agora por pouco Rezende não vira churrasquinho.

— Pedrão, acho que vamos ter mais trabalho do que a gente pensava — diz Rezende, se levantando.

— Obrigado por salvar minha vida!

Tudo isso acontece em uma fração de segundo. Mal nos recuperamos da rajada de fogo, e quase nos afogamos em terra firme. A cabeça de lula parece ter um Oceano Atlântico inteiro na boca! Seu esguicho é tão forte que começamos a nos debater. Consigo tossir e expelir a água que entrou pelo meu nariz, e arrasto Rezende para trás de uma pilastra. De lá, vejo Marina carregando Puppy e Isangrim para trás de uma mureta. Nessa brincadeira, nossos fiéis escudeiros também levaram um jato d'água, e parecem estar desacordados. Não, isso não pode ser verdade! Não podemos deixar nenhum deles correr esse tipo de risco!

Enquanto olho para Marina, Rezende sai correndo para o meio do nosso campo de batalha. O que ele está fazendo?

— Rezende, volta aqui, cara! Tá maluco? — dou um berrão, irado com ele.

— Eu sei o que estou fazendo! — responde meu parceiro, para logo depois ser agarrado pela língua da terceira cabeça, que se enrosca nele como uma sucuri... Eu já vi isso na internet! É assim que essas cobras quebram os ossos das vítimas!

Não consigo segurar o impulso e corro até lá.

Distraído com a metade que capturaram, o dragão nem vê essa parte aqui do Herói Duplo rolando pelo chão e pegando a espada que o Rezende deixou cair. Com um saltão, corto a língua do monstrengo que havia capturado meu amigo!

— Cê pirou de vez? — Olho para ele, que sorri.

— O intervalo! Cada ataque tem um intervalo! As cabeças não atacam todas ao mesmo tempo. Tem alguns segundos entre um ataque e outro! Só precisamos de paciência! — explica Rezende.

— *Pofo fer perfifo a fíngua, mas ainda pofo esmafar fofês com meus fenfes!* — Ouço a terceira cabeça dizer, que nem um dinossauro fanho.

Rezende e eu conseguimos rolar pelo chão e evitar mais uma rajada de fogo. Corremos para o lado oposto, fugindo do ataque da próxima cabeça, a das águas. Então vemos Marina, que olha para mim e abre um sorriso. Ela está falando baixinho e não consigo ouvir... Aí faz um gesto com a mão, pedindo pra gente esperar... e um sinal de positivo logo depois.

Caramba, o que ela está tramando?

— *Marina... Há quanto tempo! Rezende, Pedro, vocês também podem me ouvir. Não se assustem, estou do lado de vocês nesta luta* — diz uma voz feminina que eu não reconheço, ecoando dentro da minha cabeça. — *Olá, Herói Duplo. Eu sou Cássia. Não tenho tempo para mais explicações, olhem pela janela.*

Não acredito! Depois de tanto tempo ouvindo falar dela, não é que a tal Cássia aparece? Olhamos para lá e enxergamos a moça.

— *Rapazes, eu protejo Marina e os cães. Cuidem de derrotar o dragão!* — pede Cássia, na nossa mente.

Por mim, tudo bem! Já estou mesmo no calor da batalha e, de qualquer maneira, não posso ficar de braços cruzados, sem fazer nada.

— Vamos lá, Rezende! Se lembra das técnicas! — digo, me esquivando de uma labareda que a cabeça de fogo dispara contra mim, depois de contar os segundos certos que separam um ataque do outro.

— Força! Levanta! Gira! Ataca! — dizemos em coro, acertando espadadas no corpo do monstro.

Enquanto isso, Marina corre com os tais Orbes Ômega nas mãos. Ao mesmo tempo, Cássia começa a flutuar para dentro da janela e para o chão — aliás, estamos fazendo um trabalho tão bom tentando revidar nas brechas dos ataques do monstro furioso que acho que ele nem se ligou no que está rolando fora dali. De golpe em golpe vamos enfraquecendo o bicho!

De repente, a cabeça de esqueleto se aproxima da gente e... dá um grito e se afasta, olhando para sua pata.

— VAI, PUPPY! PEGA, PEGA, ISANGRIM! — grito para os dois. Se não fosse pelos nossos amigos caninos, a gente teria virado churrasquinho!

— Já sei o que fazer! Descobri onde ativar o tal portal de que o Gulov falou! — grita Marina, depois de ter corrido por todo o lugar. Ela é esperta demais!

Por trás do dragão há uma espécie de altar, e parece ter um buraco redondo na parede onde os tais Orbes se encaixariam perfeitamente! Nada como ter uma exploradora na equipe... Meu pai diria que ela é melhor que o Indiana Jones!

Dou um bicudão na canela do dragão e, enquanto recuo para o próximo golpe e Rezende dá mais uma espadada na outra perna do bicho, que parece urrar de dor, olho para Marina, que está tentando levar os Orbes até o altar, e... AH, NÃO! A cabeça ardente sacou que ela está lá, e agora ficou furiosa!

— CUIDADO, MARINA! — grita Rezende, enquanto o bicho dispara um sopro de fogo na direção dela.

De repente, o fogo para a mais ou menos um metro de distância da Marina, como se estivesse batendo em um vidro. Assustada, ela se vira e percebe que Cássia está atrás dela, conjurando um campo de força. Ainda bem! Essa proteção salvou a pele da nossa brava exploradora na hora certa!

Ainda protegidas, elas se abraçam bem forte (também, *mó* tempão que não se viam, né? Sem falar que a Cássia estava desaparecida, e ninguém sabia se ela estava viva!), o que deixa o bicho mais irritado ainda.

— Já me perdi de você uma vez, não vamos nos perder de novo! — escuto Cássia falar para Marina.

— O que pensam que estão tramando? — perguntam as três vozes, como se fizessem parte de um coral monstruoso. — É aqui que acaba a jornada de vocês!

Cássia parece... serena. Na tranquilidade, sabe? Ela continua se esforçando para manter o campo de força enquanto Marina tenta encaixar os Orbes e...

Enquanto isso, o dragão de três cabeças está lentamente avançando na direção delas. O que ele tem de ameaçador, com seus três diferentes ataques, ele tem de lento... Também, já imaginou se ele fosse assim e ainda por cima rápido? Não sei se a gente ia dar conta!

— Rezende, a hora é agora. Vamos mandar ver um especial. Esse bichão tem que tombar!

— É isso aí, Pedrão. Vamos lá, que eu quero botar essas cabeças de dragão na parede de casa.

Pegamos distância e corremos contra o monstro, que está obstinado em atacar as meninas. Mal presta atenção na gente, agora. Melhor pra nós! Marina e Cássia estão perto de conseguir nosso objetivo. Finalmente Marina parece encaixar de vez, e do lado certo, os Orbes na parede do altar. Um buraco se abre em pleno ar.

O dragão percebe o portal se abrindo, e se volta para nós, partindo para cima. Subo nos ombros do meu amigo, com sua espada em mãos, e corto a primeira cabeça, a de fogo. Um guincho assustador toma conta do lugar, enquanto o tal buraco negro começa a aumentar.

— Maldição! Ignis se foi! — diz a cabeça das águas, que jorra mais um jato de oceano para cima de nós dois.

Prendo a respiração, dou um pulo e me agarro nela. Com a espada, perfuro seu pescoço!

— Boa, Pedro! Só falta uma! — comemora Rezende, já rolando para o lado e subindo pelas costas do bicho. — Me joga a espada, agora!

— *Ifnis... Feufis... Não me feifem fó...* — diz a terceira cabeça sem língua, num lamento.

Jogo a espada e Rezende finaliza o que comecei, cortando a última das três cabeças, que rola pelo chão. Poderia jurar que vi uma lágrima no canto do olho dela.

Graças ao nosso trabalho em equipe, o bicho cai, causando um tremor daqueles. Sim, vencemos o monstro!

Marina e Cássia correm em nossa direção, enquanto o buraco negro continua aumentando de tamanho.

— Bem na hora, Herói Duplo! — diz Cássia, sorrindo. — Eu sabia que vocês viriam!

— Você estava presa aqui o tempo todo? — pergunto, confuso toda vida.

— Sim, fui capturada. Eles queriam usar meus poderes, e...

— Pessoal, olhem para o altar — aponta Marina, preocupada. — Acho que é isso. O portal para o Fim de Tudo.

Uma luz brilhante e azulada sai de onde estão os Orbes Ômega, envolvendo o buraco negro flutuante.

Uma luminosidade cobre todo canto da fortaleza... Um brilho tão ofuscante quanto o que eu tinha visto no hotel.

CAPÍTULO 14

Shlep, shlep, shlep, shlep.

Hein? Tá chovendo? Tem água aqui! Ai, não, é só o Puppy lambendo minha cara. Eu tava dormindo... Deixa eu limpar meu rosto e...

AI, MEU DEUS, O QUE TÁ ACONTECENDO? Meu rosto não tá mais quadrado! Pera, eu devo estar sonhando. Isso deve ser um sonho. Não pode ser real. Vou passar a mão pelo meu rosto bem devagar e ver que continuo quadrado. É isso mesmo. Tuuuudo como estava.

Não, pera, *não está* tudo como estava. Eu tenho um queixo de novo. E o meu cabelo... Quanta diferença! É difícil deixar o cabelo legal quando ele tá quadrado, sabia? Não tem gel ou pomada que resolva!

Abro os olhos devagar e vejo Puppy e Isangrim lambendo o rosto de Rezende, Marina e Cássia. Meus amigos estão desmaiados bem no meio da praça. É estranho ver a Marina assim, fora do jogo. Posso fazer um comentário? Ela é bem bonita! A Cássia também, mas de um jeito diferente. Já o Rezende... O que dizer desse cara que eu considero pacas e que é literalmente a minha cara? E agora, como as pessoas vão saber quem é quem? E, mais importante: viemos parar no mundo real? É isso mesmo, produção?

— ACORDA, MENINO, ACORDA, MENINA! — dou um berrão pra esse povo levantar logo. Se eu tomei um susto com minhas novas, quer dizer, velhas formas, imagina eles, que nunca se viram de outro jeito e sempre foram quadrados?

Rezende levanta num sustão e num primeiro momento não percebe que está, ah, como dizer, *diferente.*

— Oi, amigão. Tudo certo? — pergunta ele.

— Rezende, você não tá notando nada de diferente hoje?

Ele coça a cabeça e...

— Diferen... AAAHHHH! Minha mão! Ela tá...

— Redonda! Minha cabeça tá redonda! Minha perna tá redonda, meu braço tá redondo! — grita Marina.

— Nossa, então cabelo voa? — Cássia parece ser a única pessoa feliz com a mudança, balançando seus longos cachos ao vento.

— COMO ISSO ACONTECEU? — Rezende e Marina falam quase ao mesmo tempo, enquanto Puppy e Isangrim rolam na grama.

— Calma, gente. A pergunta certa não é essa. Vamos recapitular: estávamos enfrentando o dragão de três cabeças, o portal para o Fim de Tudo foi aberto, um buraco negro surgiu no ar, uma luz forte veio e...

— Viemos parar aqui — completa Rezende, um tanto desolado.

— E onde é aqui? — questiona Marina, ainda se adaptando às novas formas.

— Olha, acho que estamos no meu mundo. Tudo aponta para isso. Mas eu ainda não sei *onde*. E precisamos descobrir isso o mais rápido possível! — respondo, olhando ao redor e tentando encontrar pistas. — Acho que estou começando a entender o que rolou. Se abrimos o portal para o Fim de Tudo, encerramos o jogo. Quer dizer, não o jogo, mas aquela partida, pelo menos. E viemos parar aqui. Mas por quê? Essa é a pergunta que não quer calar.

— E esse cabelo? Eu odeio esse cabelo! — Rezende parece não ter prestado atenção em nenhuma palavra do que eu acabei de dizer.

— Peraí, cara, seu cabelo é *mó* legal! *Nosso* cabelo!

— Calma, rapazes, esse tipo de discussão não vai levar a nada. Vamos ficar atentos aos sinais — intervém Cássia, tentando ser conciliadora. — Vamos descobrir onde viemos parar.

Rezende para na minha frente e rapidinho me lembro do nosso primeiro encontro, em que parecia que eu estava diante de um espelho.

— St. O que quer dizer St? Tá escrito naquela placa ali — mostra Marina.

— St? — Olho ao redor. — Isso tá em inglês! Nós não estamos no Brasil, estamos nos Estados Unidos! Mano do céu! O que estamos fazendo aqui? — Agora eu que fiquei nervoso!

— Pedro, o Gulov tem um plano. Se ele falou para abrirmos aquele portal para o Fim de Tudo, é porque sabia que viríamos parar aqui — analisa Marina.

— Pedro, dá uma olhada mais atenta nos arredores dessa praça. Tá vendo aquele cara ali do outro lado? Ele está parado desde que eu abri os olhos. Aquele pássaro ali? Também. Parado no ar. E acho que vai chover, porque tá vendo essas gotas aqui sobre a cabeça da gente? Paradas também. Aquele relógio de praça? Parado. São seis e meia da tarde há um tempão! — explica Rezende.

— Será que a nossa passagem brusca de um universo pro outro, com uma ajudinha de magia, criou uma rachadura no espaço-tempo? — pergunto, me sentindo superinteligente de criar essa teoria.

— Faz sentido, sim — responde Cássia. — O tempo e o espaço são estruturas muito finas, como um tecido. Se você romper com força, pode rasgá-los.

— Bom, se o tempo e o espaço estivessem em suas condições normais de temperatura e pressão, eu estaria muito ferrado neste momento. Lembram que eu estava no Brasil, em Recife, com a minha mãe? Sabe a quantas horas de avião os Estados Unidos ficam do Brasil? Dependendo da cidade, quase dez! — Ai, meu Deus do céu, só me faltava essa! Imagina se minha mãe desliga o telefone e eu não tô lá? Como vou explicar que acabei parando nos Estados Unidos?

— Pensa, Pedro. Você está no seu mundo, no seu território. Só você é capaz de descobrir onde exatamente nós viemos parar e por que estamos aqui — diz Marina, tentando me animar.

Faço o que ela diz: penso. E observo. E aí tenho uma ideia!

— Venham comigo! Vamos ali naquela banca de jornais do outro lado da praça. — Quer lugar melhor do que uma banca de jornais para conseguir informações em qualquer canto do mundo?

Chegamos na banca e, como suspeitei desde o princípio, o jornaleiro está paralisado, paradinho da silva, sem nem piscar. Pego um jornal do dia, e tá lá: Redmond, estado de Washington. Redmond... Eu já ouvi falar dessa cidade, e não foi pouco. Redmond... Ah, internet, que saudade que eu estava de você!

— Seu jornaleiro, juro que devolvo esse celular, viu? — Pego o aparelho da mão do sujeito e começo logo a procurar na rede para ter cem por cento de certeza do que já desconfio.

— Essa coisa em que ele tá mexendo é a internet que ele vive mencionando? — cochicha Marina para Rezende.

— Mas como pode caber tanta informação num bloco tão pequeno, né? — escuto meu amigo responder.

— BINGO! É TETRA! — dou um grito e um bicudão de alegria no banco mais próximo. — Eu sabia!

— Fala logo! — pede Marina.

— Vamos lá. Essa cidade, especificamente essa cidade... Tem uma coisa muito importante sobre ela. Aqui fica a sede da multinacional que comprou a empresa que produziu o jogo. Se estamos aqui, se viemos parar *exatamente* aqui pelo portal do Fim, não é mero acaso. Existe alguma correlação do jogo com o mundo real. E aposto que o Gulov tá no meio disso tudo — explico aos meus amigos.

— E como chegamos nesse lugar? — pergunta Cássia.

— Que lugar? A sede da multinacional? Bom, deixa eu pensar... Podemos pegar um carro emprestado e dirigir até lá!

— E você sabe dirigir? Dirige há muito tempo? — quer saber Rezende.

— Bom, vamos dizer que eu sou um motorista em fase de adaptação... Consegui minha licença para dirigir tem uns meses. Mas já tenho um carro, tá, eu dirijo, sim! — Só não preciso dizer que fiz a prova para tirar a carteira de motorista algumas vezes, HEHE.

— Tá bem, espertinho, mas onde vamos achar um carro? Imagino que o seu esteja na garagem da sua casa, não? — brinca Marina.

— Gente, gente, o tempo e o espaço estão quebrados. A hora parou. Você acha mesmo que aquele simpático senhor ali do outro lado da rua, que está com a chave do carro na mão, quase abrindo a porta, vai se incomodar se pegarmos o veículo emprestado por alguns minutos... ou algumas horas? — respondo.

— Mas isso é roubo! — comenta ela, indignada.

— Não é roubo se a gente vai devolver — pondera Rezende.

— Vai dar tudo certo. Realmente, não tem muito a fazer agora — argumenta Cássia.

— Então, vamos? Todos no carro!

Rezende entra no banco da frente, ao meu lado, enquanto Marina, Cássia, Puppy e Isangrim se apertam no banco de trás.

— Você sabe o caminho, Pedro? — questiona Marina.

— Não se preocupe! Com a internet nós temos uma voz tão mandona quanto a da Marina para nos guiar. Se chama GPS! — brinco, enquanto deixo o carro morrer e finjo que nada aconteceu. Agora, sim. Pé no acelerador, Pedro!

CAPÍTULO 15

Paramos o carro no estacionamento da JogmanSoft — sim, essa é a empresa! —, que tem um monte de vagas dando sopa por causa do horário. Claro que ainda deve ter uma galera aí. Sabe como é, né... Hora extra, aquele joguinho multiplayer com os colegas no fim do expediente, esse tipo de coisa.

Só que, assim que entramos, Cássia congela; fica até parecendo as pessoinhas paradas no tempo ao nosso redor.

— Ele está aqui — diz ela, com uma expressão preocupada.

— Quem é "ele", Cássia? — pergunta Marina.

— É a mim que ela se refere — responde uma voz sinistra e familiar nos alto-falantes da empresa.

Parece até filme de suspense o negócio! — E é de mim que vocês não conseguirão fugir.

— Cuidado, pessoal — avisa Cássia. — Sabe a criatura que vocês derrotaram antes? Ela era composta de três monstros poderosos. E cada um deles respondia diretamente ao dono dessa voz. Eu nunca o vi. Não sei como ele é. Mas escutei os outros falando de quão poderoso ele é. E que transitava entre os mundos.

Rezende bota a mão na empunhadura da espada e Marina prepara o arco e flecha, mas não tem ninguém ali. Até agora, é só a voz na caixa de som mesmo.

—Vamos lá, galera... fiquem alertas — digo para o grupo, que ainda está estranhando a nova realidade.

— Eu nunca tinha ouvido a voz dele desse jeito... Tão de perto. É realmente assustadora — diz Cássia, parecendo um tanto intimidada.

Passando por um corredor, vemos máquinas de venda de doces e refrigerantes, vasos de plantas e paredes com pinturas pra lá de estilosas, tipo *street art*. Parece um bom lugar pra trabalhar, daqueles que aparecem de vez em quando no jornal e nas revistas. Aposto que tem até sala de descanso com pufes pra deitar, mesa de pingue-pongue... e pelo menos uma máquina de fliperama.

No meio da caminhada tensa, passamos ao lado de uma salinha com luz apagada. De repente, uma telinha se acende lá dentro. Depois, mais duas. Agora que as telas estão ligando, parece que é uma sala de controle, ou quem sabe o escritório de segurança do prédio... só que as telas não estão mostrando as câmeras do local.

Os monitores mostram umas imagens muito estranhas, meio sem sentido, e nós três e a dupla canina ficamos olhando por um tempo pra ver o que acontece — sempre alerta para possíveis ameaças, claro! Nós nos aproximamos devagarinho do paredão de TVs e, de repente, uma frase enorme se forma nas telas:

"Obrigado por acreditar".

Do nada, a porta se fecha, e todas as telas se apagam ao mesmo tempo.

— EITA! — solto aquele grito.

Logo depois, todos os monitores voltam a ligar, e todas as telas formam uma imagem completa e maior... Não acredito!

— GULOV! — gritamos ao mesmo tempo, como se a gente tivesse até ensaiado!

— Herói Duuuuplo... Mariiiina... Eu sabia que vocês conseguiriam seguir minhas instruções! — diz o Gulov. — Como estou feliz por ver vocêêês!

— Que trabalheira, hein, seu mago louco! — digo, em tom de brincadeira. — Onde é que você foi parar?

— Ahhhh, Peeeedro. Eu estive preso nos servidores do jogo. Tudo por causa de um antigo desafeto — revela o mago. — Ele se chama Janus, e é um mago tão experiente quanto eu. Janus foi meu amigo por muitos e muitos anos, até que tivemos um desentendimento. Eu achava que o mundo virtual deveria estar conectado aos seres humanos, desse jeito que você, que criou tantos mundos e almas, conhece bem. Já ele defendia a ideia de um mundo que se programava e se regulava automaticamente, sem interferência externa. Se fosse preciso, que se resetasse este universo! Um novo Big Bang virtual, com a extinção de milhares de espécies.

— E foi por isso que vocês brigaram? — perguntou Marina.

— Exato, minha joooovem. Janus arrumou aliados poderosos e ancestrais em sua missão e sabia que precisava aprender mais, ter mais recursos... Assim que eu soube que eles estavam atrás da ilha mais tecnologicamente avançada do nosso mundo, me antecipei. Fui até lá, avisei aos líderes do risco iminente e contei que eu tinha um plano... Antes que os inimigos formassem uma estratégia de ataque, escondi e transformei a ilha na cidade submersa e na cidade suspensa. Depois disso, fiz uma armadilha mágica que exilou os aliados de Janus em outra dimensão, mas não tive poder suficiente para prendê-lo junto na Boca do Inferno.

— Onde encontramos o portal. O Fim de Tudo — diz Rezende.

— Isso mesmo, meu rapaaaaz — confirma Gulov.

— Ainda assim, Janus é um adversário formidável e poderia voltar a qualquer momento... Ou então mandar que os servos de seus aliados atacassem os vilarejos para exterminar a população e começar sua limpeza à força, e assim cumprir seu desejo de governar e recriar o mundo virtual à sua maneira. Ele ficou enfurecido com minha interferência em seus planos. Assim, estudei mais a fundo a profecia do Herói Duplo, pois sabia que, se ela um dia se concretizasse, teríamos a chance de conter a ira de Janus — explica a imagem de Gulov que vemos nos monitores. — Mesmo tendo conseguido dividir a ilha e exilar Janus e seus aliados, eu sabia que ele buscaria vingança. Precisava proteger o universo do jogo e seus habitantes, por isso tomei providências e preparei as gravações, as caixas, as pistas. Pouco depois, analisando a profecia, consegui localizar você, Peeeeedro, e o levei para livrar o vilarejo da ameaça do dragão. Hoje sabemos que esse dragão já era um prenúncio do que viria... Janus também sabia da profecia. E profecias têm um jeito engraçado de se cumprir, não é? Sim, pois, logo depois de sua primeira visita ao nosso mundo, Peeeedro, descobri que Janus e seus aliados estavam realizando testes explosivos na Boca do Inferno, e um deles, Olhos Brilhantes, acabou conseguindo se libertar. Nós nos encontramos na hora certa.

— E como você veio parar aqui, Gulov? — pergunto, realmente encafifado.

— Como Janus também é um mago poderoso, depois de muitos estudos e tentativas, ele conseguiu burlar meu feitiço de isolamento. Naquele momento, um confronto direto era desnecessário, e poderia colocar a vida de inocentes em risco, já que eu sabia que Janus passaria por cima de tudo para me encontrar e concluir sua vingança. Foi por isso que me isolei e mudei minha estrutura molecular para sobreviver dentro dos servidores, em vez de aparecer no universo do jogo. Por ter alterado a composição do meu corpo físico, não tinha como sair daqui para lutar ao lado de vocês. Fiquei preso nesses servidores. Mas saibam, Peeeedro e Rezeeeende, que estive com vocês em cada momento dessa jornada. E tinha certeza de que nos veríamos de nooooovo.

— Por um instante, achei que conseguiria te ajudar, Gulov. Mas infelizmente não consegui encontrar o tesouro precioso que você pediu para trazermos da fortaleza — lamenta Marina.

— Ahhhh, Marina.... Quem disse que você não conseguiu? — pergunta Gulov, num tom amigável. — O tesouro está aí ao seu lado. Minha filha... Cássia.

Olho em volta e todos estão sem palavras. Os olhos de Cássia começam a marejar. Gulov continua explicando.

— Cássia nasceu aqui no mundo real, mas infelizmente a mãe dela não sobreviveu ao parto. Nem toda a magia do mundo poderia ter ajudado. Para a segurança do bebê, teletransportei ela para o mundo virtual e a deixei aos cuidados de uma feiticeira muito experiente de uma aldeia vizinha, que criou Cássia como se fosse sua própria neta. Mas sob a promessa de jamais revelar a verdade sobre sua origem.

Cássia está estarrecida com a revelação. Estarrecida, mas com um sorriso no rosto.

— Porém, o poder mágico latente em Cássia podia vir à tona a qualquer momento, o que com certeza chamaria a atenção de Janus e seus aliados — explica Gulov. — Quando ela entrou na A.D.R. e fez sua primeira expedição, este poder enfim despertou. O resto da história vocês já conhecem. Espero que entenda, Cássia.... Você é minha filha e motivo de muito orgulho.

Assim que Gulov termina de falar "orgulho", as luzes se apagam. É um blecaute? Era só o que faltava. A voz de Janus volta aos alto-falantes:

— Reuniões de família sempre me emocionam... mas não por muito tempo.

Faço um sinal para que Marina e Cássia aguardem na sala. Eu e Rezende saímos e, assim que colocamos os pés para fora, a porta atrás de nós se fecha e se tranca! Cássia concentra seu poder, mas sua magia não surte efeito.

— Droga. É um bloqueio mágico. Não tem nada que eu possa fazer agora, Marina — diz Cássia.

— Janus, você é um covarde! — grita Marina, furiosa. — Pedro! Rezende! Deixem que a gente se vira aqui. Podem ir atrás desse miserável!

Puppy e Isangrim começam a latir, trancados junto com elas. Corremos pelo andar, seguindo o som da risada de Janus. Subimos a escada para o terraço, olhamos em volta e vemos a silhueta de um sujeito normal, de terno, gravata e com uma espada de samurai na mão. Ele se vira e vejo seu rosto.

— Não acredito. Logo você?

— É seu amigo, Pedro? — pergunta Rezende.

— Acho que não, né? Vamos lá, amigo, apresentar armas! Hora da jogada final.

CAPÍTULO 16

— Euros Knamps, é você mesmo? — pergunto a ele. Não tô acreditando que o criador do jogo tá na minha frente. Não sei se peço um autógrafo.

— Pra você, é "sr. Euros Knamps" — diz o engravatado. — Respeite os mais velhos.

— Ihhhh. Falando assim, você não pode ser o Euros de verdade, não. Tá metido demais, arrogante demais.

— Perspicaz, hein? Isso não passa de uma máscara, por assim dizer. Um disfarce especial que criei com base no verdadeiro sr. Knamps, para que eu pudesse viver entre os seres humanos sem levantar suspeitas e tivesse livre acesso ao código do jogo. Claro que minha magia ajudou um pouco. — Ele solta uma risada maléfica. — Foi assim que *convenci* Knamps a me ajudar por livre e espontânea vontade, HAHAHA, cedendo seu corpo e suas senhas para a ciência. A minha ciência, no caso. Não pude fazer nada quando ele insistiu em se trancar numa prisão em local desconhecido. Coitadinho!

— Knamps não tem nada com isso, ele é um cara bacana. Jamais destruiria o jogo que ele mesmo criou. Você vai ter que soltá-lo, por bem ou por mal! — grito, já bolado.

— Eu estava prestes a resetar e desfazer totalmente o universo do jogo. Estava a um passo de recriá-lo do meu jeito... E seria bom que vocês estivessem lá dentro, para que eu pudesse apagá-los da existência. O plano era sofisticado, mas simples: enquanto eu agia aqui, no mundo real, meus seguidores começariam a limpeza de almas e territórios no mundo virtual. Não sobraria bloco sobre bloco, e uma nova era de perfeição começaria — comenta o homem, dando de ombros. — Mas tivemos contratempos, como a teimosia de Olhos Brilhantes... E vocês quiseram se aventurar baseados nessa profecia do Herói Duplo... Eu quis ver até onde vocês seriam capazes de chegar. No fim das contas, chegaram longe. Bem longe. Mas não tem problema. Agora acabo com vocês aqui, no mundo real, e será como se nunca tivessem existido lá, no virtual. De uma forma ou de outra, meus desígnios serão cumpridos! E o velho Gulov, esse covarde que se escondeu nos servidores do jogo, será removido como um arquivinho arrastado para a lixeira.

— Nós não vamos cair sem lutar, seu maluco! — diz Rezende.

— É isso aí, Janus — brado, concordando com o Rezende. — E digo mais: para que essa cena toda? Você já não assumiu o controle da empresa, fingindo ser o verdadeiro Knamps? Por que não resetou o jogo até agora?

— HAHAHA. Você se acha muito esperto, não é mesmo, Pedro? Mesmo com toda a magia do mundo, um mago não é nada sem estratégia e paciência. Foi assim que consegui sair daquela fortaleza asquerosa na qual o velho Gulov me jogou. Se Knamps resolvesse acabar com o universo que ele mesmo criou, da noite para o dia, isso atrairia muita atenção. Então eu esperei. Agi como vocês agem aqui, neste mundo medíocre. Fiz negociações. Alianças. Troquei dinheiro por favores... Como as pessoas se vendem fácil, ainda mais aqui! E, agora, o cenário era perfeito. E vocês estragaram meu momento! Mas não tem problema. Vou reescrever a cena final do meu jeito. Com a morte de vocês!

Ele parte em disparada para cima do Rezende e dá uma espadada no braço dele, que pega de raspão e machuca. Acho que o Rezende deve estranhar ver gotas de sangue não quadradas.

— ARGH! Seu miserável! — Rezende parece surpreso ao ver um machucado na pele, sangrando. — Agora você vai ver!

—Vamos lá, Rezende! Ataca ele pela lateral! — digo, enquanto tento golpear esse maluco pelo outro lado. Janus segura a lâmina da espada do Rezende entre os dedos, vira a mão e joga em cima de mim.

A cada espadada que tentamos acertar, Janus se esquiva, sendo tocado apenas pelo lado sem gume da espada. Galera, tenho que admitir: nessas horas uma ajuda seria muito bem-vinda...

Com sua espada, que parece de samurai, Janus corre em nossa direção. Conseguimos rolar, mas ele me atinge e faz um corte nas minhas costas. Ah, não. Estou sangrando, e não é pouco!

— Vocês vão sangrar até a morte. Anotem minhas palavras — diz Janus, agora largando sua arma e, em um golpe digno de filme de artes marciais, atinge uma série de chutes rápidos e fortes nas costelas do Rezende, enquanto eu ainda estou no chão, com o corte nas costas ardendo. Calmamente, Janus caminha até o outro lado. Ele não parece estar lutando, mas brincando conosco. Como se fôssemos ratinhos em sua gaiola.

— Rezende, como você tá aí, amigão? — Tento acudir meu amigo.

— Pedro, eu tô sentindo dores em lugares que eu não sabia nem que existiam... Como se chama isso aqui? — Ele aponta para o abdômen.

— Costelas, Rezende. Ele deve ter quebrado algumas das suas costelas com os chutes.

— Você está sangrando... O sangue aqui... É diferente, né? Meio... gosmento... — responde ele, tocando a ferida em minhas costas.

Sabia que ele ia notar a diferença!

— Os rapazes têm certeza de que querem continuar nessa brincadeira? Tenho todo o tempo do mundo, mas poderiam se poupar e se entregar logo, não? — debocha Janus, esse maldito!

Aí, de repente, ouço uma voz familiar... Na verdade, um latido.

— Puppy e Isangrim! — grita Rezende. — Peguem esse maldito, garotos!

A dupla corre na direção de Janus, que dá um chute no ar, gerando uma rajada de vento que afasta os dois. Mas espera aí. Se os cachorros estão aqui, isso quer dizer que...

— Rezende, ABAIXA! — grita Marina, disparando flechas na direção do vilão, que consegue se esquivar de todas elas que nem o Neo de *Matrix*.

— Ei, COMO vocês saíram de lá? — pergunto, claramente bolado com essa reviravolta.

— Nunca subestime o poder das gambiarras e a resolução de problemas das integrantes da A.D.R. — responde Cássia, piscando para Marina.

— Ahhhhh, mocinha, você por aqui — diz Janus. — Finalmente vai usar seu poder para algo que preste? Você ainda pode ser a general do meu reino, no mundo virtual. Foi para isso que te poupei. Seus dons são preciosos... E ainda podemos aprimorá-los. O que acha da minha proposta?

Ao ouvir isso, Cássia não hesita nem um segundo e lança um feitiço sobre mim, Rezende, Marina e nossos fiéis companheiros caninos. Mas calma, gente, é um feitiço de proteção!

— Eu jamais faria isso, Janus — responde Cássia. — Nada que você disser me fará mudar de ideia.

— É uma pena — rebate ele. — Então você jamais passará de uma aprendiz de feitiçaria... que nem o Gulov, aquele tolo. Deve ser de família.

Um brilho sobrenatural e amarelado surge em volta de Cássia. Ela levita baixinho.

— Nunca mais fale assim do meu pai — avisa, com um tom ameaçador que nunca tínhamos ouvido. — Nunca. Mais.

O cansaço de Cássia parece sumir na hora, e o brilho aumenta até alcançar nosso oponente, que começa a se desfazer — revelando que, de fato, o visual do sr. Euros Knamps era só um disfarce. Por dentro, há um senhor bem mais velho. Esse é o verdadeiro rosto de Janus.

— Meu rosto! Você vai pagar caro por isso! — grita Janus, e o que se segue é uma troca de ataques mágicos que vão enfraquecendo os dois. Olha aí a janela de oportunidade.

— Rezende! Hora de resolver o assunto!

— Vamos lá, Pedro! Herói Duplo, ativar!

Corremos na direção de Janus, mirando em um dos pontos onde a magia de Cássia desfez a casca protetora mágica dele. É agora que ele vai cair!

Ele tenta revidar, mas sem sua casca jovem é só um senhor que não consegue se mover tão rapidamente. E, mesmo sendo muito poderoso, ter que se defender de nós e lutar magicamente com Cássia, ao mesmo tempo, o deixa enfraquecido e distraído. Ainda estou sangrando, e Rezende mal consegue respirar, por conta dos golpes em suas costelas, mas vamos vencê-lo, nem que seja a última coisa que faremos na vida!

— Seu reinado de medo nunca vai existir, Janus. Não enquanto o Herói Duplo estiver aqui! — grito para ele.

Rezende empunha sua espada, e eu vou na cara e na coragem mesmo. Tantas horas na academia com certeza me deixaram mais forte!

— Agora! — grita Rezende.

Acerto um soco no tórax de Janus com toda a potência que consigo, e ele cambaleia, tossindo. Ele pode ser um mago, mas aqui, no mundo real, somos todos de carne e osso. Se Rezende e eu sentimos os efeitos de suas pancadas, ele também vai sentir o das nossas!

Então eu giro no melhor *capoeira style* e dou um chute em suas costas. Janus começa a desabar e, finalmente, Rezende crava a espada em seu coração.

Com a espada atravessando o corpo, Janus fraqueja, apoiado em um dos joelhos.

— Eu voltarei — murmura ele, um instante antes de se desintegrar completamente.

Janus foi derrotado.

De repente, um som estranho... é o som de... carros? Buzinas? Olho ao redor, e parece que o tempo voltou a correr normalmente.

CAPÍTULO 17

— Vocês venceram! — grita Cássia.

— Muito bem, rapazes! — comemora Marina.

— Não, nada disso! *Nós* vencemos — responde Rezende.

— É, é beeeem diferente! — completo a linha de pensamento, enquanto os cães correm na nossa direção. — Vamos lá, precisamos avisar o Gulov sobre isso!

— E rápido, porque não podemos ser vistos aqui — diz Marina.

Disparamos a toda para a sala de controle — ainda bem que numa hora dessas tem pouca gente no trabalho — e Gulov reaparece na tela.

— A profecia se realizou! Eu sabia que vocês conseguiriam — diz o velho mago. — O universo do jogo está a salvo mais uma vez. Com Janus fora de combate, poderei servir a meu propósito: agora sou parte do sistema, um programa-guardião para garantir a estabilidade do mundo do jogo.

— Isso quer dizer que você nunca vai voltar para o vilarejo, Gulov? — pergunta Rezende.

— Não, Rezeeeende, mas sempre posso falar com vocês através da minha filha, por telepatia. Durante todos esses anos, Cássia, quis te proteger e, para sua segurança, nunca fiz contato. Você não podia saber que eu era seu pai, ou estaria em perigo ainda maior. Agora, o perigo ficou para trás, e estarei sempre contigo.

— Verdade, pai — concorda Cássia, e sei que é a primeira vez que ela chama Gulov assim. — Agora precisamos voltar ao nosso mundo, porque aqui não é nosso lugar. Além disso, temos muito a reorganizar e reconstruir depois de tanta confusão.

— Muito justo, minha querida. Muito justo. Espero que você e o Rezende unam forças para trazer a ordem de volta ao universo. Rezende se revelou um líder nato... E será meu sucessor direto como sábio do mundo virtual — comenta Gulov. — Meu laboratório e meus estudos estão à sua disposição, meu jovem. Assim que você voltar para nosso mundo, alguns segredos que guardei surgirão na sua mente, como se você sempre tivesse sabido deles. Na volta, você pode ficar... hãm... um pouco diferente. Não estranhe.

Rezende faz que sim e sorri na direção de Cássia.

— Marina... sua força e seu equilíbrio uniram este grupo. Sem isso, não teríamos chegado tão longe — elogia Gulov. — Você é uma grande exploradora e tenho certeza de que saberá o que fazer daqui pra frente.

Olho para Marina, e ela faz um sinal de agradecimento a Gulov.

— E você, Peeeeedro... o mundo virtual te deve muito, há muito tempo... Fico feliz de saber que no momento mais crítico e sombrio você esteve lá para nos ajudar — revela Gulov. — Você e Rezende sempre estarão perto um do outro, de uma forma ou de outra.

Olho para o relógio e percebo que já está tarde. Gente, se minha mãe não me encontrar no quarto em Recife, vai surtar!

— A aventura foi incrível, e agradeço a você, Gulov, por ter me apresentado a este universo do jogo. Pude conhecer muitos amigos e me divertir pra caramba. Mas preciso me apressar! Teoricamente, estou do outro lado do continente e preciso voltar antes que minha família perceba que não estou lá. Se eu morrer, minha mãe me mata!

Gulov faz um sinal com a mão.

— Está tudo sob controle, Peeeeedro. Cássia deve conseguir fazer com que você seja teletransportado de volta para perto da sua família. Vou ensinar os procedimentos a ela. Você está preparado?

— Sim! Mas, antes, só uma coisinha.

— Diiiiiga.

— Será que você também pode ensinar como curar esse talho nas minhas costas? Se eu voltar pingando sangue no chão do hotel, vou levar uma bronca!

— Claro, Peeeeeeedro.

— Ah, outra coisa.

Dá pra ver o Gulov revirando os olhos pelos monitores.

— O que é?

— A gente talvez, assim, tenha pegado um carro emprestado pra chegar aqui. Você pode ajudar a Cássia a devolver?

— Sem probleeeemas.

— E o celular do seu jornaleiro...

— Mais alguma coisa, Peeeedro?

— Uma camisa nova seria legal, essa aqui tá toda zoada e... Tá bom, tá bom, deixa, é só isso mesmo — digo, fazendo meus amigos darem uma risada. — E vocês? — pergunto. Marina está com uma cara meio desanimada.

— Há tanto a explorar neste novo mundo... Estou com pena de partir sem conhecer mais... — lamenta Marina.

— Por que você não fica, então? — pergunto a ela. — Vai ser legal, já conheci tantos lugares lindos por causa do meu canal... Posso te levar em todos eles. E vou curtir sua companhia.

— Não é por falta de vontade, Pedro — diz ela. — Eles precisam de mim no vilarejo. Vamos ver o que o futuro reserva...

— Pedro, Herói Duplo para sempre? — pergunta Rezende, me abraçando de um jeito que me deixa um pouco triste. Acho que agora vamos demorar um pouco a nos encontrar de novo...

— Para sempre! — Retribuo o abraço do meu amigo e em seguida me despeço de Cássia, Puppy, Isangrim e, por fim, da Marina.

— Obrigada por tudo, Pedro. — É impressão minha ou a durona Marina está chorando?

Faço um carinho no Puppy, meu amiguinho de tantas jornadas. Nada mais justo do que ele retornar ao mundo virtual ao lado de Rezende. Vou sentir saudades...

Mas não tenho tempo de pensar demais. De repente, uma luz aumenta na sala de controle, envolvendo todos nós... Primeiro, meus amigos virtuais somem e aparecem em uma das telas. Olho para o monitor e vejo um pedaço do mundo virtual, incluindo uma praia. Lá avisto o *Sereia Ruiva* e sua tripulação ancorando o navio perto do vilarejo onde tudo começou. Rezende, Marina, Puppy e Isangrim já estão materializados lá no jogo — quadradinhos de novo, como esperado. Rezende está com um traje parecido com o do Gulov... E uma mecha branca no cabelo! Herança do nosso Gandalfinho, provavelmente. Lara, Isabella e Valentina abraçam Marina.

Enquanto os fachos de luz com as almas restantes voltam às casas do vilarejo, as integrantes da A.D.R. comemoram o reencontro. Marina está meio cabisbaixa.

— Ela parece triste — comento.

— Ela vai ficar bem, tenho certeza — diz Cássia.

— Antes de eu voltar pra casa, preciso te mandar para a sua. Obrigada, Pedro. Nos vemos em outra vida.

Depois disso, tudo o que enxergo é a mais pura luz. E ouço, ao fundo, a voz de Gulov:

Os anos de paz estarão prestes a acabar
Quando na cidade submersa o Herói Duplo chegar
E a batalha entre o bem e o mal há de começar
Depois que a cidade suspensa o Herói Duplo visitar
Uma poderosa ameaça sem igual
Fará a aventura se tornar real
Avante, Herói Duplo, a missão o aguarda!
A ordem do universo há de ser restaurada!

EPÍLOGO

A mesma luz forte que quase me cegou da primeira vez em que eu fui levado pro universo do jogo me traz de volta pra onde eu deveria ter estado esse tempo todo, se o finado Olhos Brilhantes não tivesse vindo até o meu mundo, fingido ser um funcionário de hotel e praticamente me sequestrado. Bom, pelo menos uma coisa boa ele fez: deu um upgrade de quarto pra gente, e agora posso me esparramar nessa cama gigante!

Pois é: agora estou no meu quarto em Recife, esperando que minha mãe ainda não tenha saído do banho. De repente, ouço a voz dela cantando no chuveiro. Ufa, essa foi por pouco!

Desabo na cama tão cansado, mas tão cansado, que acho que tô dormindo acordado! Se parar pra pensar, essa foi uma longa aventura — muito mais longa que qualquer noite de gravação de vídeos pro canal... Mas, olha, eu não faria nada diferente. Jamais abandonaria meus amigos quando eles mais precisavam de mim. Quando conheci o Gulov em um evento de games em Londrina, nunca imaginei que tudo isso aconteceria. Vivi na pele experiências que só conhecia em partidas no computador, e achei muito louco ficar com a cabeça quadrada, o pé quadrado, a mão quadrada, até o cabelo quadrado! Conheci o Rezende virtual, que é muito mais que a minha versão no jogo, e juntos enfrentamos zumbis, aranhas, um dragão e, depois, uma liga sinistra de vilões, com direito a dragão de três cabeças. Isso sem falar no ex-amigo do Gulov, um cara super do mal que encaramos aqui no mundo real mesmo. Conheci a Marina, uma garota fera demais. Enfrentei o Olhos Brilhantes duas vezes... E descobri que, por ser parte de uma profecia, sempre vou estar ligado ao jogo, independentemente do que acontecer.

— Pedro! Você já deveria estar de banho tomado, meu filho! Não marcou um encontro pelas redes sociais? O pessoal vai ficar te esperando! — Minha querida dona Joelma entra no quarto, e não sei como não me confunde com um zumbi, de tão desmaiado que estou!

Expectativa: pedir carne, muita carne, muuuuita carne para o serviço de quarto do hotel e dormir nessa cama fofinha!

Realidade: me arrastar até o chuveiro, me arrumar e sair. Não posso desapontar os fãs do canal... Aliás, depois de tanto tempo sendo chamado de Pedro, tenho que me acostumar de novo a ser RezendeEvil!

— Tá bem, mãe... Já tô indo! Só mais cinco minutinhos...

No dia seguinte...

Valeu a pena ter me esforçado e encontrado o pessoal ontem à noite. Se o meu canal hoje está como está é por causa do apoio dos fãs e da turma que adora me acompanhar jogando, né? No fim das contas, acabou sendo legal conversar com todo mundo, e ainda vou voltar para casa, em Londrina, com um monte de bolo de rolo que ganhei de presente!

Parece que faz um tempão que estou fora, mas na verdade, neste mundo real, foram apenas algumas horas. Ainda estou cansado e acho que vou levar um tempo pra me recuperar totalmente. Tá achando que encarar um monte de vilão na base da espadada e do soco é fácil? Acho que depois dessa posso ficar uns dois meses sem ir à academia! Mas a saudade dos meus amigos, essa vai levar muito mais que dois meses para passar.

— E aí, filho, preparado para o bate-papo de hoje? — pergunta minha mãe, provavelmente preocupada com o meu cochilo no táxi.

— Tá tudo de boas, mãe — respondo, enxugando a baba no canto da boca. Eca!

Chegamos à escola e somos recebidos pelo diretor e por alguns professores. Fico feliz em ouvir deles que muitas crianças dizem que aprendem coisas de várias matérias com o jogo. Viram como game é cultura?

Nos bastidores do palco do auditório da escola, vejo a sala lotada. Crianças, adolescentes, meninos e meninas me esperando para começar o bate-papo. Sabe que eu sempre fico meio nervoso antes dos eventos? Depois passa e fico tranquilo, mas antes dá aquele frio na barriga mesmo! Bom, vamos lá. Foi para isso que vim até aqui, né?

Entro no palco e a plateia bate palmas e puxa um corinho de "Re-zen-de! Re-zen-de!". Tento dar oi para todo mundo, mas...

Lá no fundo do auditório, lá longe, na porta de entrada, vejo uma garota em pé. Ela não é aluna da escola. Está sorrindo e caminhando na minha direção.

Marina, você voltou?

ESTA OBRA FOI COMPOSTA PELA ABREU'S SYSTEM EM ADOBE GARAMOND
E IMPRESSA EM OFSETE PELA LIS GRÁFICA SOBRE PAPEL PÓLEN BOLD DA
SUZANO PAPEL E CELULOSE PARA A EDITORA SCHWARCZ EM OUTUBRO DE 2016

A marca FSC® é a garantia de que a madeira utilizada na fabricação do papel deste livro provém de florestas que foram gerenciadas de maneira ambientalmente correta, socialmente justa e economicamente viável, além de outras fontes de origem controlada.